슬픔을
기억에
묻는다

슬픔을 기억에 묻는다

김나은

뱅크북

슬픔을 기억에 묻는다

할미는 내가 갓난아기 때부터 날 업고 다니며 파지를 줍거나 빈 병 등을 주어 팔아 나를 업어 키우셨다고 했다. 아무리 추워도 아무리 더워도 할미는 나를 업고 급방이라도 숨이 넘어갈듯 해도 내려 놓지 않으셨다고 했다. 정신이 흐릿해질 무렵에도 할미는 그래도 나만은 꼭 챙겨 업고 다니셨고 누가 채가기라도 할까 봐 늘 등에서 나를 내려놓지 않으셨다. 그런 모습들을 보며 주위 사람들은 이제 그만 업고 다녀도 된다고 아무리 이야기를 해도 소용 없었고 매번 할미에게 허리가 굽다 못해 부러지겠다고 해도 할미는 그럴 생각이 전혀 없었다.

할미는 내가 말을 한참 전부터 하고 있었지만 할미만 모르고 있었던 것 같다. 아니 귀가 어두웠고 치매로 인한 기억의 문제였던 것이다. 나는 할미의 하나밖에 없는 아들 동수에게서 나온 아버지가 누구인지도 모르는 민지의 딸 아이였다. 늦게 베트남 여자와 결혼을 한 동수는 둘 사이에서 민지를 낳고 한국 국적을 얻은 민지의 엄마는 10년 동안 동수가 밤낮으로 일용직이며 남의 집의 잡일을 하며 벌어 모아둔 돈을 가지고 없어졌다. 동수는 나이 마흔이 다 되어갈 무렵 20대의 아내를 만나 나름 행복하다고 생각하고 믿고 잘해주고 싶었다.

그런 아내가 자기를 떠날 것이라는 것을 한 번도 상상도 해보지 않았다. 그런 그녀가 자기가 낳은 아이를 남겨두고 편지 한 장 없이 그렇게 가버릴 줄이야….

하지만 동수는 홀어머니가 놀라지 않도록 한마디도 하지 않고 몸이 안 좋아 고향으로 보냈다고만 할 뿐 아무 말도 하지 않았다. 할미 역시도 눈치를 챘는지 더 이상 묻지도 언제 오냐고도 말하지 않았고 두 모자는 그렇게 민지 하나만을 보며 살았다.

민지가 중학교를 졸업하고 집을 나가기 전까지는 그래도 간혹 웃는 날도 있었다. 민지는 성격이 밝아 친구도 많았고 바르고 착하다고 주위에서 항상 칭찬을 받는 예쁜 아이였다. 하지만 중학교를 졸업하자마자 민지 역시나 편지 한 장 달랑 남기고 집을 나가버렸다.

할머니, 아빠 죄송해요. 서울 가서 돈 많이 벌어서 올게요. 그럼 엄마도 다시 돌아올지 모르잖아요. 우리 집이 너무 가난해서 엄마가 안 오는 거라면 저라도 아빠에게 도움이 되고 싶어요. 제 걱정은 하지 않으셔도 돼요. 제가 다시 올 때까지 할머니도 건강하시고 아빠도 너무 일만 하지 말고 건강 챙기세요.

- 사랑하는 민지가 -

서울만 가면 무조건 돈을 벌 수 있다고 생각한 민지

의 인생이 바뀐 날의 시작이기도 한 날이었다. 그렇게 민지가 집을 나간 뒤로는 두 모자는 거의 말을 하지 않고 살았다. 동수는 살아갈 이유가 없어진 것 같이 축 늘어져 가끔 술을 마시고 다녔고, 할미는 그런 동수의 모습에 마음이 아파 버려진 유모차에 박스며 술병들을 주우러 다니셨다.

그럴 때마다 동수는 할미에게 소리를 질렀다. 그깟게 얼마나 된다고 힘들게 그러고 다니느냐고 약 값이 더 드니 가만히 좀 계시라고 했다. 할미는 듣는 척도 하지 않았고 동수는 그런 할미를 보면서 하는 수없이 할미가 가져온 병이며 박스들을 정리했다.

할미는 지나온 당신의 인생이나 아들 동수의 인생이 별반 다를 것이 없다고 생각하며 동수를 가끔 안타깝게 주름진 사이로 눈물을 흘렸다. 그럴 땐 꼭 눈물이 아닌 콧물을 닦았다. 마치 울지 않은 것처럼 동수에게 들키기라도 할까 봐 얼른 코를 풀었다. 그런 줄도 모르고 동수는 중얼중얼 비 맞은 중처럼 알 수 없는 말을 들릴 듯 말 듯 하며 어머니를 도와드렸다. 대충 마무리하고 자리에 누워 동수는 담배를 한 대 피우고 있었다. 밖에서는 할미가 저녁을 하는지 달그락거리는 소리가 들렸다. 칠순이 한참 넘은 노모가 아직도 아들의 밥상을 차린다는 것이 동수는 미안하고 죄스러워 피우던 담배를 짓이겨 끄고 밖으로 나가 버렸다.

"밥 다 됐는데 어디 가냐! 날도 어둡구먼."

동수는 뒤도 돌아보지 않고 어두운 골목 속으로 사라졌다. 얼마나 지났을까 동수는 막걸리 몇 잔에 배를 채우고 집으로 돌아왔다. 분명 어머니가 자고 있을 줄 알았던 동수는 놀라지 않을 수 없었다. 할미는 아까 차려 놓은 밥상 앞에서 여태 동수를 기다리고 있었다.

"이제 오냐, 배고프지?"

"국이 다 식었네, 내 얼른 데워오마."

"아니에요. 그냥 먹을게요. 먼저 드시지 뭣하러 기다리셨어요."

"언제 올지 알고….."

"영영 오지 않을 거는 아니니께."

그 한마디가 가슴을 때리고 머리를 크고 아프게 쥐어박아 정신이 번쩍 들게 했다. 그동안 한 번도 겉으로 내색하지 않은 말이었기에 더욱더 그랬다. 하나밖에 없는 아들놈까지 나가서 오지 않을까 매일 밤을 그렇게 불안한 마음으로 지냈을 것을 생각하니 고개를 들 수 없었다. 동수는 억지로 밥 한 그릇을 다 비웠다.

"여태 밥도 안 먹고 뭐하다 들어온 거야. 이제 저녁에는 나가지 말아라."

그렇게 한마디 남기시고 허리 숙여 밥상을 들고 나가셨다. 정작 본인은 반도 제대로 드시지 않은 밥상을 서둘러 치우고 들어와 누우셨다. 등을 돌려 누워계신 어머니의 등은 거의 반이 접혀 있었다.

주물러 드리고 싶었지만 아무 말 없이 그냥 방으로

들어와 민지를 떠올렸다. 민지는 엄마를 닮아서 이국적인 얼굴에 중학교를 졸업한 듯한 외모보다는 훨씬 더 성숙해 보였다.

'내가 누구 때문에 살아왔는데….'

동수는 그런 민지가 말없이 떠난 아내보다 더 그리웠고 걱정이 되었다.

'나쁜 놈! 나한테 연락이라도 한 통 해주지.'

'무심한 놈.'

민지가 집을 나간 지 6개월 정도 되었을 때 전화 한 통이 왔다. 혼을 내기보다는 애를 달래서 돌아오게 하고 싶었다.

"민지야! 어디야?"

"민지가 아빠 생각해서 돈 벌고 싶은 마음은 알겠지만 아빠는 민지가 없으니까 힘이 나질 않아. 할머니도 걱정이 많으시다. 이제 고생 그만하고 집으로 돌아오면 안 될까? 아빠가 더 열심히 일해서 우리 민지 하고 싶은 거 다하게 해줄게."

"아빠, 미안해요."

"전 잘 있으니까 걱정 말고 아프지 않게 건강 신경 쓰세요. 할머니도 마찬가지지만 정말 걱정 안 하셔도 돼요. 나중에 또 연락드릴게요."

"민지야! 민지야…."

그게 민지와의 마지막 통화였다.

어머니는,

"기다리지 말거라. 올 사람이면 다 돌아오게 돼있어."

나는 하나밖에 없는 손녀가 집을 나가 어떻게 지내는지 걱정도 하시지 않은 것 같아 처음에는 섭섭했지만 어머니의 말씀을 믿어 보기로 했다. 그렇게 1년이 넘는 시간을 민지를 믿고 기다리기만 했을 뿐 찾아볼 생각도 하지 못했다.

그런 나를 자책하며 근처 사는 형님 집의 수도꼭지를 고쳐주고 돌아오는 길이었다. 한 여자가 우리 집 대문 앞에서 기웃거리며 안을 살피고 있었다. 나는 누군가 싶어 가까이 가서 물었다.

"누구신데 남의 집을 보고 있는 거요?"

여자는 20대 중반 정도의 젊은 아가씨였다.

"누구냐고요!"

"누굴 찾느냐고 묻잖아요."

"아가씨!"

"저, 사실은 그게…."

"여기가 민지 양 집이 맞나요?"

"네. 그렇소만, 누구요?"

그러고 보니 아가씨의 품에는 낳은 지 얼마 되지 않은 아기가 잠들어 있었다.

"저, 여기…."

"민지가 낳은 아기예요. 민지는 차마 올 수 없다고 제게 부탁해서 제가 직접 아기를 데려왔어요. 아가씨는 아기를 나에게 떠 안기듯 내 품으로 넘겨주었다.

"아니, 민지 아이라니…."

"어떻게 우리 민지가…."

"우리 민지는 지금 어디 있어요?"

"아가씨! 묻잖아요."

"민지는 어디에 있냐고요! 그리고 이 아기가 정말 우리 민지가 낳은 아기가 맞다는 말이요?"

"네, 민지가 낳은 아기 맞아요. 그리고 민지가 어디 있는지는 저 역시도 정말 몰라요."

"그냥 며칠 전 아기를 안고 와서 자기 대신 아빠에게 데려다주라고만 하도 부탁을 해서…."

"그럼 저는 이만 가보겠습니다. 안녕히 계세요."

"저기요! 저기요! 아가씨!"

아무리 불러도 그 아가씨는 아기 이름도 민지의 얘기도 아무 말도 하지 않고 달아나듯이 그렇게 가버렸다. 아기를 안고 나는 한참을 멍하게 서 있었다. 멀리서 지는 해를 등지고 유모차를 끌고 힘겹게 오시는 어머니가 보였다. 어머니는 나를 보자마자 뭔가를 예감한 것처럼 너무도 덤덤히,

"얼라 감기 걸리겠다. 어서 들어가자."

나는 오히려 그런 어머니에게도 놀라고 있었다.

무슨 일인지, 이게 다 무슨 상황인지 도통 감을 잡을 수가 없었다.

*

어머니는 한 달도 안 된 것 같다며 일단 오늘은 미음을 먹이고 내일 날이 밝으면 분유를 사 오라고 하셨다. 뭔가를 물어보고 싶었지만 물어볼 말도 생각도 나지 않았다. 갑자기 민지가 낳은 아기라며 아기를 주고 간 사람, 너무도 당연하다는 듯 받아들이시는 어머니. 순간 나는 어머니가 뭔가를 알고 계신다고 생각이 들었다.

"어머니 뭔가 아시는 게 있으시죠?"

"그런 거 맞죠?"

"뭐예요. 무슨 일이에요."

"저도 알아야 뭔가를 해도 해야 되지 않겠어요?"

어머니는 좀처럼 말을 하지 않으려 하시다 결국은 이야기를 하기 시작하셨다. 며칠 전에 민지가 전화를 해서 아기를 낳았는데 도저히 어떻게 할 수가 없다며 울면서 말하길래 데려오라고 했다는 것이다.

"애 아빠는요?"

"지금 민지는 어디 있는데요?"

"아무 말도 하지 않더구나. 애 아비 얘기도 어디서 뭘 하면서 사는지 아무리 물어도 울기만 하고 죄송하다고만 하고 끊더구나."

나는 땅이 꺼질 듯이 한숨만 쉬고 있었다. 답답하고 당장이라도 어디 있는지 알면 머리채를 끌고라도 오고 싶었다. 그리 예쁘고 착한, 태어나 지금까지 속 한번 썩힌 적 없는 그런 고운 내 딸에게 어떻게 이런 일이 생길 수가 있을까 싶어 화가 나다 못해 눈물이 나왔다.

"애비야, 울지 말거라."

"저도 말 못 할 사정이 있겠지."

"언제든 오고 싶으면 오라고 했으니 걱정 말고 기다려보자."

어머니는 관심이 없었던 게 아니었다. 집사람이 어느 날 갑자기 모든 것을 들고 없어지듯이 민지 역시 그렇게 편지 한 장 남기고 떠난 것을 본인 탓이라고 생각하시는 것 같았다.

"내가 죄가 많아서 이런 일들이 자꾸 생기는가 보다."

"무슨 그런 말씀을 하세요."

"지 에미 닮아 나가서 뭘 하다 애까지 낳았는지 다 지가 자초한 일을 어머니가 무슨 죄가 있다고 그런 말씀을 하세요!"

괜히 아무 죄도 없는 어머니께 언성을 높였다. 그렇게 어머니는 다음 날부터 등에서 애를 내려놓지 않으셨다. 이름도 없고 호적도 없는 이 아이를 어떻게 해야 한단 말인가! 어머니는 그저 자기를 '할미 할미' 하면서 그렇게 아기를 업고 다니기 시작하셨다. 며칠을 파지를 주우면서도 아기를 내려놓은 적은 한 번도 없었다. 주무실 때 또한 옆에 꼭 끼고 주무셨고 갓난아이의 모든 수발을 시간 시간 들어 주고 계셨다. 나는 민지를 찾는 게 우선이라고 생각하고 경찰서에 가출신고를 하고 전화국에 가서 집으로 걸려온 수신번호를 알아냈다. 그리고는 바로 그 번호로 전화를 해서 어디인지 확인했다.

수화기 너머에서는,

'여보세요' 가 아닌 '네, 궁입니다.'

하는 것이었다. 순간 식은땀이 나면서 불안한 생각이 들었다.

"네, 궁입니까?"

"거기가 어딥니까?"

"왜 그러시죠?"

"친구들과 한잔하려고 하는데 길을 잘 몰라서요."

설마 하는 마음으로 물어본 것이었는데 수화기 넘어서는 아무 의심 없이 말을 하고 있었다.

"아, 그러시구나."

"여긴 영등포에 있는 궁이라는 술집이에요."

"영등포에 오시면 웬만한 사람들은 다 아니까 찾기 쉬울 거예요."

"몇 분이나 오시죠?"

"예약해 놓을까요?"

"아닙니다. 근처에 가서 다시 전화하겠습니다."

나는 전화기를 집어던질뻔했다. 세상에 하나뿐인 내 딸이, 그 어린 것이 술집에….

'아….'

다음 날 나는 어머니께 민지를 데려오겠다고만 말씀 드리고 서울행 기차를 탔다. 청주에서 2시간이면 가는 거리에 아무것도 모른 채 그렇게 민지 말만 믿고 참고 참았는데 어떻게 이런 일이….

'민지야, 제발 아무 일 없이만 있어라. 아빠가 가서 꼭 너를 데려오마.'

화가 나고 속에서는 천 불이 났지만 애써 꾹꾹 눌러가며 어서 서울에 도착하기만 초조하게 기다리며 창밖에서 눈을 떼지 못했다. 영등포에 도착하자 정말 모르는 사람들이 없을 정도로 유명한 술집이었다. 그때까지만 해도 설마설마했다.

'아닐 거야, 절대로 아닐 거야.'

민지를 만날 수나 있는지, 만난다면 아무 일도 없던 것처럼 다시 예전처럼 욕심 없이 그렇게 살고 싶었다. 어떤 일을 겪었든 아무런 일도 없었던 것이다. 우리 민지만 무사하면 그걸로도 충분했다. 아직 이른 시간이어서 그런지 가게 문은 닫혀 있었다. 나는 가게 문 맞은편에 앉아 담배 한 갑을 다 피울 때까지 기다렸다. 6시가 지나자 문이 열렸고 하나둘씩 아가씨들이 들어가고 있었다. 순간 우리 집에 아기를 데려온 아가씨를 봤다. 나는 얼른 뛰어가 그녀를 잡아 세워 물었다.

"아가씨 나 누군지 알죠? 민지 아빠예요. 기억하죠? 아니 다른 건 다 필요 없고 우리 민지 한 번만 만나게 해줘요! 제발 부탁합니다."

곤란해하는 그녀는 주위 눈치를 살피며 조심히 내게 말했다.

"민지는 지금 여기 없어요."

"그럼 그 어린 게 지금 어디 있단 말이요?"

"전 정말 몰라요. 지금 이렇게 아저씨와 얘기하는 걸 주임 오빠라도 보면 전 맞아 죽어요. 어서 가세요! 정 이렇게 나오면 할 수 없이 경찰을 부를 수밖에 없어요."

하며 돌아서는데 그녀가 나를 다시 붙잡았다.

"알겠어요. 그럼 제가 가르쳐 주었다는 말씀은 하시면 안 돼요. 아셨죠?"

"네네, 알겠어요."

그녀는 나에게 이태원이라는 곳을 일러주었다.

'이태원, 거긴 또 어디란 말인가?'

'도대체 우리 민지는 어디에 있다는 말인가?'

나는 물어물어 이태원의 한 나이트클럽 앞에 도착했다.

건물 밖인데도 심장이 터질 듯이 음악소리가 요란했다. 안으로 들어갈수록 어둡고 정신이 없었다. 아무에게도 물어보면 안 될 것 같은 느낌에 조용히 여기저기를 찾아다녔다. 어차피 물어도 가르쳐주지도 않을 뿐 쫓겨나지 않으려면 이 방법밖에 없었다. 그렇게 한쪽 테이블에 술을 시켜 놓고 지나다니는 여자들을 자세히 보고있었다.

12시가 넘어도 민지는 보이지 않았다. 막 일어나려고 하는 순간 슬쩍 내 옆을 지나는 아가씨, 아니 여자아이… 민지였다. 요란한 옷 차림에 화장을 한 얼굴이지만 정확히 그 어둠 속에서도 민지라는걸 한 번에 알아볼 수 있었다. 짧은 치마, 살을 다 들어낸듯한 배꼽이 보이는 옷 같지도 않은 옷을 입고 지나치고 있었다. 순간적으로 나는 민지를 잡아챘다. 민지 역시도 얼마나 놀랐는지 큰 눈이 더 커보였다.

"민지야, 아빠야… 아빠라고!"

"너를 데리러 아빠가 왔어."

"이게 뭐 하는거야."

"어서 가자!"

나는 민지를 데리고 나오려는 시늉을 하는데 민지 스스로가 나의 팔을 떼어냈다.

"여기까지 어떻게 오셨어요? 뭐 하러… "

"뭐 하러 왔냐니, 사랑하는 딸이 보고 싶고 걱정이 되어 온 아빠에게 고작 한다는 말이 뭐하러 왔냐고? 우리딸 민지가 맞는거니?"

"얼굴 봤으면 그만 돌아가세요."

"주임이라도 보면 큰일나요."

"어서요."

"애비가 자기 딸 데리고 가겠다는데 누가 뭐라 한다는 말이냐. 아빠는 아무 상관 없으니 할머니가 기다리시는 집으로 가자."

"민지야!"

민지는 더 이상 아무 말도 하지 않았다. 단지 주위를 살피며 어서 나가라고만 할 뿐 눈도 제대로 마주치질 못하고 불안해 하고 있었다. 나는 순간 티비에서 들은 듯한 얘기가 생각이 났다. 순진하고 어린 여자애들을 데려다 서로가 팔고 팔리고 써 보지도 만져 보지도 못한 돈들이 빚이 되어 오도가도 못하고 묶여서 감시 당하며 지내고 있다는 그런 뉴스를….

어린 것이 어떻게 이런 곳까지 와서 이런 옷을 입고 여기에 있는지 궁금하지도 않았다.

"주임이란 사람 어디 있냐?"

"왜요?"

"얼마나 무서운 사람인데요."

"그냥 집으로 가세요."

"제 일에 상관하지 말고 제발요."

"안그러면 전 죽을지도 몰라요."

"제발 그냥 가세요."

"어서요!"

민지는 주임이라는 사람에게 무척이나 겁을 먹고 있었다. 어찌 애비가 되어서 사랑하는 자식을 이곳에 두고 모른척 간단 말인가….

나는 큰 소리로 웨이터를 불러 주임을 찾았다.

그동안 민지는 아무것도 하지 못하고 얌전히 내 옆에 떨며 앉아 있었다. 얼마나 지났는지 마치 무슨 운동선수같은 덩치가 큰 사람이 내 앞에 다리를 꼬며 앉았다.

"저를 찾으셨다고요?"

"무슨 일이신가요?"

"저는 민지 애비 되는 사람입니다."

"우리 민지를 데려 가고 싶어 보자고 했습니다."

"아, 그렇군요."

"그럼 데려 가십시오."

민지와 나는 놀라지 않을 수 없었다.

*

하지만 이내 그가 한 마디를 했다.

"가는 건 좋은데 민지가 저희에게 빌린 돈이 좀 있어서 그걸 갚는다면 데려가도 상관없습니다."

그러면 그렇지, 쉽게 보내줄리가 없었다.

'어린 것이 얼마를 빌렸다고…'

"얼맙니까?"

"그 빌렸다는 돈이…"

"어디보자… 장부 가져와라!"

그의 단호한 말 한 마디에 그의 옆에 있던 정장을 입은 남자들은 일사천리로 번개처럼 움직였다. 장부를 가져오라고 말하면서 그는 담배연기를 내 얼굴에 뿜어댔다.

잠시후 장부라는 것을 들고 온 남자는 주임에게 넘

겨 주었다. 한참을 들여다 본 그가 말했다.

"지금까지 총 4800만원 이네요."

"4800만원!"

'480도 아닌 4800만원 이란 돈을 어떻게 어디다 이 애가 썼다는 말인가!'

나는 차분히 물었다.

"그 많은 돈을 언제 누구에게 무엇 때문에 어린 것이 그 큰 돈을 빌렸단 말이요."

"여기 올 때 붙은 이자와 먹고 자고 입히고 옷과 화장품, 병원비 기타 등등… 거기에다 애를 가졌다고 일을 하지 않아 지금의 액수가 된겁니다."

"자, 그건 그거고…."

"그럼 계산은 어떻게… 지금 주시면 바로 데려갈 수 있습니다."

나도 모르게 입이 떡 벌어졌다. 그럼 그동안 이 어린 것이 일을 하면서 번 돈은 어디있냐고 물었더니 매달 주는 월급은 민지가 썼다며 자신들에게는 매주 이자만 줄 뿐이었다고 했다. 그것도 이자만 일주일에 150만 원이었다.

나는 기운 없이 고개를 숙이고 있는 민지를 쳐다보았다.

"걱정 말고 있어."

"애비가 가서 꼭 돈 구해올게."

"아무것도 걱정하지 말고 어디 가지만 말고 이곳에

며칠만 있어."

"아빠 금방 돈 구해서 올게."

"알았지?"

"그럼 우리 그때 함께 집으로 가는 거야."

"민지야, 약속할 수 있지?"

"네, 죄송해요."

"저는 아빠를 도와드리고 싶은 마음에…."

민지는 고개를 숙이고 얼마나 울고 있었던지 눈에서 검은 눈물이 온 얼굴을 뒤덮었다.

"내가 닷새 후에 꼭 돈을 가져와 우리 민지를 데려갈 테니 절대로 그동안은 어떤 일도 어디로 보내는 일도 없어야 할 겁니다.

"만일 약속을 지키지 않는다면 나도 가만히 있지는 않을 테니까…."

"아, 예."

"기다리겠습니다."

그는 비장하게 말하는 나에게 이죽거리며 니까진 게 어디서 닷새 만에 돈을 구하겠냐는 식으로 비웃었다. 자리에서 일어나며 나는 민지에게,

"아빠 믿지?"

"아빤 우리 딸 민지 정말 많이 사랑하고 믿어."

"절대 어디 가지 말고 조금만 기다리고 있어."

"알았지?"

"아빠가 무슨 돈이 있다고…."

"넌 아무것도 신경쓰지 말고, 아무튼 어디가지 말고 조금만 참고 있어. 금방 갔다 올게."

그렇게 화장이 흘러 얼룩이 된 민지의 얼굴을 뒤로 하고 다시 고향으로 내려왔다. 그 사이 어머니는 일주일도 되지 않은 며칠 사이에 어린 것 때문에 밤잠도 잘 못 주무셨는지 얼굴은 까맣게 타 있었고 더 말라 있었다. 어머니는 나를 보자마자,

"민지는?

"민지는 못 찾은 거야?"

"아니면 민지가 안 온다 하든?"

나는 차마 민지의 상황을 말씀드릴 수 없었다.

"며칠 후에 데리러 갈 거예요."

"그동안 저도 정리할 게 있다고 해서요."

그렇게 어머니를 안심시키고 바로 방으로 들어가 통장을 봤다. 고작해야 100만원이 조금 넘는 낡은 통장 하나가 다였다. 하루라도 빨리 민지를 데려오기 위해서는 못할 게 없었다. 여기저기 돈을 빌려 보고 전화도 걸어 보았지만 아무도, 단 한사람도 단돈 10원도 빌려주는 사람은 없었다. 그래봐야 도시도 아닌 시골에서 그렇게 큰 돈을 벌 수 있는 일이 있는 것도 아니고 설사 가지고 있다 한들 나를 믿고 빌려줄 수 있는 사람 역시 아무도 없었다.

그렇게 아무 소득 없이 이틀이 지났다. 시간이 갈 수록 초조하고 답답할 뿐 아무것도 할 수 있는 방법이 없

었다. 어머니는 그런 나를 보며 뭔가 초조해 하는 것을 알고 계셨는지 낡은 장농 속 가장 두꺼운 이불 사이에서 신문으로 싸서 말아 놓은 물건을 꺼내 놓으셨다.

"이게 뭐에요?"

어머니는 내가 어리둥절해 하자 신문으로 싸 놓은 것을 조심히 손에 쥐어 주시고는,

"오늘은 왜 이리 잠이 쏟아지노."

하시며 슬며시 나가셨다.

나는 조심스럽게 신문 덩이를 펴 보았다. 꾸깃꾸깃한 만 원짜리와 천 원, 오천 원짜리들이 가지런히 있었다. 30만 원이 조금 안되는 돈이었다. 어떤 돈인지 어떻게 벌어 모은 돈인지를 알기에 나는 조용히 다시 접어 좀 전에 어머니가 꺼낸 곳에 다시 넣어 두었다. 돈이 작아서가 아니라 그 돈을 어떻게 지켜 왔는지를 알기에 단돈 천 원도 쓸 수 없었다.

다음 날 나는 별 수없이 다시 민지가 있는 이태원으로 향했다. 어차피 시간이 지난다 해도 구하지 못할 것이기에 차라리 민지를 보내고 나라도 평생 종노릇이라도 해야겠다는 마음으로 기차에 올랐다. 이태원에 도착해 얼마 지나지 않아 4시가 조금 넘자 가게 문이 열렸다.

청소를 하는지 아직 영업은 않고 있었지만 나는 일하는 사람 중 한 명에게 주임이라는 분과 꼭 만나야 한다고 전해달라고 하고는 한쪽에서 그를 초조하게 기다

리고 있었다. 주임이란 사람은 내가 기다린다고 했는데도 9시가 넘어서야 슬슬 어슬렁거리며 나타났다. 그는 내가 돈을 구하지 못한 걸 단번에 알아챈 듯이 나를 보자마자 또 한 번 비아냥거렸다.

"생각보다 돈을 빨리 가져오셨나 보네요."

"아직 이틀이나 남았는데 말이죠."

나는 주저하다 어차피 이렇게 죽나 저렇게 죽나 상관없이 민지만 집으로 보낼 수 있다면 장기라도 팔고 싶었다.

"솔직히 돈을 구하지 못했습니다."

"죄송합니다."

"우리 같은 사람들이 쉽게 만질 수도 만져보지도 못한 금액이라 도저히 구할 수가 없었습니다."

그렇게 말을 하며 나는 무릎을 꿇었다.

"아니 돈도 없이 그럼 뭣하러 나를 찾고 여길 다시 온 거야!"

그는 기다렸다는 듯이 나에게 반말을 하고 업신여기며 말했다.

"대신 민지만 집으로 보내준다면 아이 대신 제가 할 수 있는 건 뭐든지 하겠습니다."

"장기라도 팔라면 팔고 죽으라면 죽을 각오를 하고 왔습니다."

"제발 우리 민지만 집으로 돌아갈 수 있게 해주십시오."

"부탁드립니다."

"그래?"

"하지만 다 늙은 당신보다는 민지가 갚는 게 더 빠를 것 같은데?"

나는 끝까지 사정했다. 그의 신발 앞에 머리를 조아리고 애원했다. 눈물을 흘리며 한참을 그렇게 사정하고 빌었다.

"못난 애비 만나 어린 나이에 겪지 않아도 될 일들과 아이까지…."

"제발, 사람 하나 살린다고 생각하고 민지를 보내 주세요. 집에는 민지가 낳은 아기를 칠순이 넘은 어머니가 돌보고 있습니다."

순간 그의 얼굴이 일그러졌다.

"이 년이 애를 어디다 버렸나 했더니 고작 지네 집에 보낸 거군."

그는 술을 가져오라고 하고서는 나를 다시 의자에 앉게 했다.

"지금부터 내말 잘 들으쇼."

"당신이 분명 내가 시키는 일은 뭐든 한다고 했고 장기도 팔 수 있다고 했소."

"맞지요? 아저씨!"

"네, 분명 그렇습니다."

"뭐든 다하겠습니다."

"민지만 제발 어머니가 계신 고향 집으로만 보내 주

십시오."

"좋아! 그럼 일단은 첫 번째 일을 주겠어."

"그걸 해결하면 그때 민지를 보낼지 생각해 보지."

"어때? 괜찮은 거래지?"

"네. 어떤 일을 하면 될까요?"

쉰이 넘은 나에게 이들이 시킬 일이 뭘까 겁이 났지만 나보다 민지는 더 겁을 먹었을 것이고 그토록 집으로 돌아오고 싶었을 것이다. 그 생각을 하니 어린 것이 얼마나 무서워도 말도 못 하고 시키는 대로 했을까 하는 마음에 겁내지 않고 강하게 마음먹었다. 농사일과 일용직과 온갖 잡다한 일들로 나름 어디 가서 지지는 않을 정도였기에 시키는 일을 하기로 약속하며 그날은 민지와 함께 하룻밤을 보내게 해달라고 했다.

무슨 일을 시키려는지 그들은 나의 요구를 들어주었다. 민지와 나는 거의 2년 만에 조그만 여관에서 잠도 자지 못하고 아직도 어리게만 보이는 민지를 안고 등을 쓰다듬어 주었다. 민지 역시 그런 내 마음을 아는지 오랜만에 아빠에게 안겨 소리를 죽여가며 울고 있었다.

"아빠, 그 사람들 정말 무서운 사람들에요."

"왜 그런 약속을 하셨어요."

"괜찮아, 민지야."

"아빠는 우리 민지만 지킬 수 있다면 뭐든지 할 수 있어."

"아무 걱정하지 마라."

"근데 민지야, 아빠가 뭐 하나만 물어봐도 될까?"
민지는 대답 없이 고개만 끄덕였다."
"어쩌다가 이런 곳까지 온 거야?"
"무슨 일이 있었던 거야?"
"응? 말해 봐."
"할머니도 네 걱정 정말 많이 하셔."
"애기는 또 누구애고 애 아빠는 누구야?"

슬프고 안타깝게 말하는 나를 보며 어렵게 민지가
입을 열었다.

"처음엔 같은 반 친구 언니가 서울에서 일하는데 시
골에 있는 것보다 돈을 더 잘 번다고 해서 정말 아빠를
도와드리고 싶어 그 언니의 연락처만 들고 무작정 온
거였어요. 술집인지도 몰랐고 처음 와서 한 달 동안은
그 언니가 너무 잘해주고 이것저것 다 사주고 재워주고
용돈도 주고 해서 정말 좋은 곳에서 일하는 줄 알았어
요.

나도 그런 언니를 보며 빨리 일해서 그 언니처럼 돈
을 많이 벌고 싶었고, 또 같은 반 친구의 언니니까 의심
없이 일을 하겠다고 했고 언니 역시도 그냥 사람들 옆
에 앉아만 있어도 하루에 50만 원은 기본이라고 해서
욕심도 나고 얼른 벌어서 집으로 가려고 했어요. 하지
만 그 언니는 같은 반 친구의 친 언니도 아니었고 단지
자기 언니가 조금 알고 있는 정도의 일면식도 없는 그
런 사람이었어요.

*

나는 여기까지만 들었는데도 다 알 수 있을 것 같았다. 민지는 막상 일을 시작했을 땐 얘기 한 것과는 전혀 다른 세상이었다고 했다. 도망치다 잡혀서 맞기도 많이 맞았고 이 사람 저 사람에게 욕보이게 하고 돈은 써보지도 못하고 불어만 가고 있었다고 했다.

그렇게 거의 포기하고 있을 때 누군지도 모르는 아이를 가졌고 뒤늦게 알고 난 뒤에는 이미 지우기엔 너무 늦어버려 어쩔 수 없이 낳았다고 했다. 너무 성급하고 철 없이 아무것도 모르고 집을 나와 이런 상황까지 오게 되었고, 그러던 중 아빠가 자기를 찾고 다닌다는 말을 들었을 때 주임이 이곳으로 보냈다고 했다.

나는 민지의 말을 듣고 나니 가슴이 찢어져서 그 인간들을 갈기갈기 찢어 죽여 버리고 싶었다. 그 순간 모든 것이 다 내 탓이라는 어머니 말이 생각이 났다. 정말 민지가 이렇게 된 것도 아내가 집을 나간 것도 그 모든 나쁜 일의 뿌리는 나였던 것 같았다.

"그래, 알겠으니 피곤할 텐데 어서 자거라. 오늘은 아빠가 지켜줄 테니까 걱정 말고 푹 자고 일어나면 좋은 일이 있을 거야."

정말 그랬으면 하는 마음으로 말했다.

우리 두 부녀가 아침에 눈을 뜨면 어머니가 늦잠 좀 그만 자라고 잔소리를 하고 어쩔 수 없이 민지가 낳은 아기는 배고파 보채듯이 울고 그러면 어머니가 굽어진 허리로 업고 아침을 하는 그런 평범한 일상들로 돌아가 우리 집에서 눈을 뜨는 그런 일들을 생각하니 코끝이 찡해져왔다.

생각해 보니 아직 아기의 이름도 짓지 못했다. 민지 생각에 아무것도 신경 쓸 겨를이 없었기 때문이었다. 민지는 정말 오랜만에 편안하게 잠들어 있는 것 같았다. 마치 어릴 때 내 옆에서만 자던 어린 민지가 지금 내 옆에서 그때처럼 작게 코를 골며 잠들어 있었다.

'걱정 마 민지야, 아빠가 끝까지 지킬 거야. 우리 민지 아무도 건드릴 수 없게 아빠가 지켜줄 거야. 하나뿐인 목숨보다 소중한 내 딸….'

그렇게 새벽이 다 되어 잠든 나는 요란한 초인종에 눈을 떴다. 민지 역시 눈을 비비며 일어나려는 순간 어제 그 주임이란 사람 옆에 있던 사람들이 민지를 데리러 온 것이다.

"아직 일할 시간도 아니잖아요."

"조금만, 아니 아침이라도 먹여 보내면 안 될까요?"

"아침 같은 소리 하고 있네."

"지금 놀러 온 줄 알아?"

"늙은이는 나 따라오고 민지 너는 주임이 집으로 오라시니 어서 일어나 나와!"

그들은 구둣발로 들어와 그렇게 민지를 데리고 가고 나 역시 그중에 한 놈에게 끌려가듯 질질 신발도 제대로 신지 못하고 끌려가고 있었다.

나를 어디로 데려가는지 보다 민지를 어떻게 할지가
더 걱정이 앞섰다. 어젯밤의 민지의 애기들이 난생처음
겪는 일들이기에 한마디도 묻지 못하고 그들에게 끌려
가고 있었다. 얼마나 차를 타고 왔는지 서울 도심을 벗
어난듯한 길이었다. 버려진 폐공장 같은 곳에서 차를
세운 그들은 나를 짐짝 다루듯이 끄집어냈다.

밝은 곳에 있다가 공장 안으로 들어가자 아무것도
보이지 않았다. 안쪽 끝에는 어제 본 주임이란 남자가
등을 돌리고 앉아 있다는 것을 어둠에 익숙해지자 그가
보였다. 그들은 나를 그의 앞에 앉히며 나와 그만 남겨
두고 나가버렸다.

한참을 어리둥절하게 앉아 그의 말을 기다렸다. 잠
시 후 그는 담배 연기를 길게 내뿜고는 말을 하기 시작
했다.

"아저씨, 긴말하지 맙시다. 어차피 당신이 말한 약속
이니까 단도직입적으로 말하고 민지를 보낼지 말지 결
정합시다."

"네, 제가 뭘 하면 되겠습니까?"

"먼저 아저씨의 콩팥을 하나 빼서 좀 씁시다."

콩팥, 신장을 말하는 거였다. 그것도 먼저라는 말은
그다음에 또 무언가가 있다는 말이었다.

"신장 하나에 민지의 빚 천을 까 주겠소."

"그다음…"

그가 다음으로 뭘 원하는지 몰랐지만 나는 그의 말

을 막았다.

"신장만 주면 민지를 보내주는 것이 아니라는 말처럼 들리는데…"

피식 웃으며 그는 손가락으로 나의 턱을 치켜세웠다.

"까짓 신장 하나가 얼마나 한다고 그 빚이 정리될 줄 알았단 말이야?"

"웃기는군."

맥이 풀리고 할 말이 없었다.

장기 매매라… 정말 인간들이 아니었다.

민지에게도 분명히 협박 아닌 협박을 이같이 했을 것이 뻔한 것 같아 어린 것이 얼마나 무서웠을지 얼마나 겁을 먹었을지 알 것 같았다. 아무리 벗어나려 해도 벗어날 수 없는 지옥 같은 이곳을….

"먼저 신장 하나는 좀 이따 떼어내고 회복이 되는 데로 간을 조금만 뗍시다."

"그렇게 해서 2천을 까주겠소."

나는 눈에 불을 켜고 달려들었다.

"뭘 얼마나 내 몸에서 떼어내야 그 빚이란 것이 다 정리될 수 있다는 거야?"

"당신들 지금 시골 사람이라고 무시하고 약속도 지키지 않을 거 다 알고 있어."

"흥분하지 말고 똑바로 들어!"

"누군 땅 파서 장사하는 줄 알아? 그것도 높이 책정

해 준거야! 알아?"

"차라리 나를 죽이고 민지를 보내줘."

"그렇게라도 그 빚이란 것이 없어질 수 있다면 그냥 나를 죽여!"

"전부 다 가져가란 말이야! 이 새끼야!"

더 이상 그런 인간 앞에서 비굴하고 싶지 않았다. 어차피 사정을 해도 안되는 거 죽기 아니면 살기라는 생각이 들었다.

"그래? 좋아, 그럼 처음부터 그렇게 말하지 그랬어."

"전부 다 가져가라고 말이야."

"괜히 기운만 뺐잖아!"

"하지만 지금은 그 두 가지만 필요하거든."

"나머진 적금 해둔 셈 치지."

"자, 그럼 오늘의 거래는 일단 신장 하나… 콜?"

인정사정 봐주지 않을 것을 알고 있었지만 정말 소름 끼치는 인간들, 아니 짐승들이었다.

그가 그렇게 말하고 자리를 떠난 후 나는 물 한 모금 마시지 못하고 수술시간만 기다리는 신세가 되었다. 하지만 민지만 무사하게 고향집으로 보낼 수 있다면 나는 정말 죽어도 상관없었다. 시간은 아무것도 하지 않고 넋을 놓고만 있었는데 벌써 그들이 약속한 시간이 되어가고 있었다.

나는 다시 한 번 민지를 보고 수술대에 눕고 싶다는 생각을 했지만 애비가 이런 모습으로 자기를 구하려 하는 것을 안다면 민지가 받을 충격에 참기로 했다. 얼마 지나지 않아 몇몇 사람들이 수술 복장으로 들어와 모든 것들을 정리하며 수술할 준비를 하고 있었다. 나 역시 난생처음 수술대에 오르는 것이라 온 몸이 땀으로 범벅이 되고 긴장을 하긴 마찬가지였다. 민지를 처음 안아보는 날 가 본 병원을 끝으로 한 번도 병원이란 곳에 가보질 않았으니 당연히 불안했다. 아니 무서웠다.

'참자, 참아. 우리 민지를 위해서 내가 할 수 있는 건 이것뿐이다' 라며 나를 진정시켰다. 쉽게 진정이 되지 않았지만 지금 이 순간에 내가 할 수 있는 건 아무것도 없었다. 나는 그 순간 주임이란 사람을 찾았다.

"뭐야? 지금 와서 못 하겠다는 건 아니지?"

"그게 아니라 신장 하나에 분명 천만 원을 까준다는 말을 종이에 써서 지장이라도 찍어 주쇼."

"그래야 이 수술을 할 수 있을 것 같소."

아, 믿지 못하시겠다?

"좋아, 그게 뭐 어려운 거라고⋯."

"야! 종이랑 인주 가져와!"

그는 순식간에 종이에 천만 원을 신장과 거래했다는 글을 적어 지장을 찍어 나에게 주었다.

"어이, 노인네. 됐어?"

"좋소, 약속만 꼭 지켜주시오."

"거참 말 많네."

"알았으니 누우라고, 그만 떠들고⋯."

나는 그가 준 종이의 글을 확인 후 주머니 안에 소중하게 접어 넣고 옷을 갈아입었다. 그렇게 시작한 수술은 두 시간이 조금 지나자 끝이 났는지 점점 의식이 돌아오고 있었다. 제일 먼저 난 내 배를 보았다. 정말로 열고 가져간 듯 수술 자국이 선명했고 붕대로 감겨있었다. 나도 모르게 눈물이 흘렀다. 아무도 원망하고 싶지도 아무 생각도 들지 않았다. 단지 머릿속은 민지밖에 떠오르지 않았다. 나는 얇은 이불 한 장 덮어서 남자 둘이 지키고 있는 허름한 침대에 누워 있었다. 병원도 아닌 처음 온 폐공장 한쪽 구석에 그렇게….

천장을 보고 누워 있는 나는 서러움이 밀려왔다.

*

가난했던 어린 시절, 어느 날 사고로 돌아가신 한량이셨던 아무 도움도 되지 않았던 아버지, 모든 삶의 무게를 지고 지금까지 나 하나만 보고 사시는 어머니, 없는 돈에 빚을 내 장가를 보냈지만 행복도 잠시 민지 하나 낳고 야반도주를 한 아내, 그런 아내를 닮기라도 한 듯 어린 민지마저 삐뚤어진 삶에 살고 있고 애비가 누군지도 모르는 아기를 낳아 늙은 노모에게 짐을 지게 하고 그런 딸 하나를 구하지 못하고 너무도 가진 것이 없어 내 장기를 팔아 딸을 찾으려는 못난 애비라는 인간….

고개를 들고 다니며 살고 싶지 않았다. 무슨 면목으로 어머니를 보고 민지를 만날 수가 있을까? 아, 정말 나란 인간은 차라리 태어나질 말았어야 했다. 그래야 민지도 이렇게 힘든 일을 겪지 않아도 되고 어머니 역시 힘은 드시겠지만 그래도 이런 못난 자식을 보고 사는 것보다는 차라리 없는 게 어머니에게 더 낳을 것 같았다. 어머니는 무슨 죄로 아버지를 만나 이 못난 아들에, 그 아들의 손녀에, 증손녀까지… 모든 내 가족들이 전부 불행한 것 같았다.

그때였다. 요란한 철문이 열리면서 가까이 오지 않았지만 민지가 울면서 들어오고 있었다. 결코 보이고 싶지 않은 이런 모습을 결국은 보이고만 것이다. 어느새 내 곁에 와있는 민지는,

"아빠, 죄송해요."

"정말 죄송해요, 나 때문에…."

민지의 그 말에 나 역시 참았던 눈물이 났지만,

"괜찮아, 민지야."

"아빠는 아무렇지 않아!"

"우리 민지만 무사하면 아빠 죽어도 상관없어."

"우리 민지가 잘못한 건 하나도 없어."

"걱정하지 말고 조금만 참고 우리 할머니한테 가서 함께 전처럼 살자."

"네, 다시는 아빠 힘들지 않게 노력할게요."

"잘못했어요, 정말로…."

민지는 얼마나 울었는지 그 큰 눈이 보이지 않을 정도였다.

나 역시도 마찬가지로 얼마나 참았던 눈물을 흘렸는지 의식조차 희미해져 가고 있었다. 어떻게 잠이 들었는지 눈을 떠보니 민지는 없었다. 그렇게 그곳에서 나는 나가지 못하고 삼일을 보냈다. 어느 정도 걷기도 하며 아프긴 했지만 참을만했다. 그렇게 조금씩 걸으며 회복을 하려는 중에 주임이란 남자가 다시 왔다.

"어이, 상태가 좋네."

"그럼 바로 2차로 들어가면 되겠어."

신장을 떼고 이제 겨우 삼일이 채 되지도 않았지만 그는 나를 전혀 생각해 주지 않았다. 그와 함께 들어온 의사 같은 사람이 나를 이곳저곳 보고하더니 그는 앞으로 이틀 정도만 지나면 할 수 있을 것 같다고 말했다.

나는 어안이 벙벙한 채로 아무 말도 못 하고 서 있었다. 정말 정신이 나간 병신같이 단 한마디로 하지 못했다. 의사가 먼저 돌아가고 주임은 다시 나를 의자에 앉혔다.

"들었지? 노인네 제법 건강하네."

"이틀 뒤 두 번째 수술 준비, 알지?"

"아무리 그래도 한 달은 지나야 할 수 있는 거 아닌가요?"

"의사가 괜찮다잖아, 뭔 말이 그렇게 많아."

"준비하고 있어!"

그는 짜증이 나는 듯 바닥에 침을 '퉤' 하고 뱉고는 가버렸다.

'그래, 다 떼가 버려라.'

어차피 이따위로 살 바에는 차라리 죽는 게 낫겠다 싶었다. 이틀은 2시간처럼 빨리 흘렀다. 다시 한 번 수술대에 오르려니 온몸이 말을 듣지 않았다. 뭐 이런 개 같은 인생이 있나 싶었다. 얼마나 더 떼어가야 민지와 내가 이 더러운 곳에서 벗어나 살 수 있단 말인가?

자포자기로 수술대에 누웠다. 생각보다 수술시간은 길었고 나 역시도 쉽게 깨어나지 못했다. 내가 눈을 떴을 땐 사흘이나 흘러 있었고 폐공장이 아닌 전에 민지와 함께 하룻밤을 함께 보낸 그 여관이었다.

그래도 폐공장에서 눈 뜨는 것보다는 여관방이라도 황송해야 할 판이었다. 이상한 건 민지가 보이지 않았다. 여관으로 옮기고도 이틀이나 지났는데 민지를 보여주지도 만날 수도 없었다. 나는 문 앞을 지키는 사람들에게 민지를 물었지만 그들은 아무것도 안 들리는 것처럼 아무 대답도 하지 않고 서 있기만 했다. 불길한 생각이 들어 나는 고통을 참으며 주임을 데려오라며 소리를 쳐대며 난동을 부렸다.

주임은 근처에 있던 것처럼 바로 오더니,

"왜 바쁜 사람을 오라 가라 하고 지랄이야!"

"무슨 큰일이라도 난 것처럼, 도대체 날 뭘로 보는

거야!"

"당신, 진짜 죽고 싶어!"

"민지는 어디 있나요?"

"왜 보여주지 않는 거야!"

"당신들 이거 짜고 치는 고스톱이지?"

"민지를 설마 그 사이 어디로 보낸 건 아니지?"

"말해! 당장 말하라고!"

"그렇지 않으면 경찰에 신고할 테니까…."

"신고? 어디 해봐! 이 새끼가 그래도 인정상 좀 봐주니까 눈에 뵈는 게 없구만."

그의 발길질 몇 번에 나는 나가 떨어졌다. 꿰맨 곳에서는 피가 흐르고 온몸에 퍼지는 통증 때문에 참을 수가 없었다. 순간 나는 처음 수술을 할 때 받아 두었던 천만 원짜리 영수증을 찾아 보았다. 역시나 그게 있을리 만무했다. 나는 눈이 뒤집힌 채로 주임이란 새끼에게 달려들었다. 그러나 불 보듯 뻔한 나의 몸부림은 결코 그를 이길 수 없었다. 아니 단 한 대도 때려보지 못하고 그 자리에 고꾸라져 버렸다. 일어날 힘도 덤빌 힘도 없이 이불 바닥은 피로 얼룩져 버렸다.

"그러니까 우리 민지가 어디 있는지만 말해달란 말이야! 이 개새끼야!"

"이 새끼가 그래도 정신을 못 차리고…."

"됐다, 아직은 필요한 게 있으니 내가 참는다!"

그는 그렇게 방을 나가 버렸다. 나는 밤새 식은땀과

고열과 고통으로 힘든 밤을 보냈다. 그 와중에도 나는 당연히 기다리고 있을 노모보다 민지만을 먼저 생각하며 눈물을 흘리고 있었다. 간까지 주고도 민지는 며칠이 지나도 구경도 하지 못했다. 그들은 그냥 나를 이용만 한 것이었다. 적어도 한 달 이상은 조심해야 할 시기였지만 그들은 아파 누워 있는 나를 쫓아 내듯이 밖으로 내 쫓아 버렸다.

"일단은 가서 기다리고 있어."

"다시 연락하면 그때 나머지 계산을 하자고!"

나는 하는 수없이 일단은 어머니가 계신 청주로 내려갔다. 어머니는 나의 얼굴을 보자마자 마치 귀신이라도 본 것 같은 얼굴로 애를 업은 채 자리에 주저앉았다. 나 역시도 그런 어머니를 일으키지 못하고 마루 끝에 걸터 앉아 아무 말도 하지 않았다. 오랜만에 만난 우리 두 모자는 밥상을 사이에 두고도 서로 눈치만 보고 있었다.

무슨 일이 있었는지 모르는 어머니는,

"민지를 찾는 일은 이제 그만하거라."

"저도 힘들고 더 이상 버틸 수 없으면 돌아올 것이다."

나는 속으로 말했다.

'아니요, 절대로 포기 못합니다. 제가 민지를 찾기 위해 무슨 짓을 했는데요. 그곳이 어떤 곳인지 어머니마저 알기라도 한다면 아마 어머니는 그 자리에서 쓰러

지실지도 몰라요. 그러니까 민지를 꼭 데려오고 말 거에요.'

어머니는 아무 말 없이 국에 코를 박고 들은 척도 하지 않는 내가 답답했는지,

"에미 말은 들리지도 않는 게야?"

"민지도 민지지만 저 어린 것은 어떻게 해야 하는지 생각 좀 해봤나?"

"이름도 성도 없는 저 핏덩이 말이야."

그랬다. 아직 민지가 낳았다는 아이에게 이름조차 지어주질 못했다. 나는 그냥 어머니가 아무거나 지어 부르라고 했다.

"어이구, 내가 다 늦게 이게 뭔 일인지 모르겠다만 어쩌겠냐."

"민지가 낳았으니 그래도 증손주인 걸⋯."

"그럼 애비와 민지 끝자만 따서 수지라고 부르자."

"어떠냐?"

"좋네요."

"예쁜 이름이네요, 수지⋯."

"수지⋯ 그럼 성은요?"

"이놈아 성까지 내가 어떻게 알아?"

"민지 인생도 있으니 그냥 네 호적에 김수지라고 올려만 놔라."

"민지를 위해서도 그게 맞지 싶다."

나는 두 말도 하지 않고,

"네."

라고만 하고 아픈 몸을 숨겨 방으로 들어와 누웠다. 거울에 비춰 본 내 배의 상처는 족히 40센티는 되는 것 같았다. 순간 소름이 끼치며 아무것도 하나 제대로 하고 오지도 못한 내가 병신 같은 놈이란 생각이 들었다. 정말 등신같이 간이고 쓸개고 다 뺏기고만 온 것이다.

'개새끼들.'

'짐승만도 못한 새끼들.'

욕을 하며 결심했다.

절대로 용서할 수 없는 인간 같지도 않은 것들에게서 하루라도 빨리 민지를 데려와야 한다는 생각만이 나의 몸과 마음을 지배해 가고 있었다. 이 모든 일의 끝이란 없다. 나는 벌써 그들의 허튼수작을 알아 버렸기에 그 끝은 내가 내야 한다는 생각이 나를 스스로 움직이게 했다. 먼저 주임 새끼를 죽이고 나는 자수를 한다. 그리고 우리 민지를 구해 달라고 하는 것이 나의 계획이었다.

그 새끼를 죽이지 않으면 민지는 언제까지고 그 소굴에서 헤어 나오지 못할 것이 뻔했다. 아직 미성년자이기에 나의 계획은 충분히 먹힐 것이고 나는 사람을 죽였으니 벌을 받겠지만 민지만 그곳에서 나올 수 있다면 그런 것쯤은 아무것도 아니었다.

*

나는 일단 수술 부위가 덧나거나 고름이 차지 않게 근처 보건소에서 치료를 받기 시작했고 어머니 몰래 그 새끼를 죽이려고 나름 계획을 세우고 있었다. 어머니는 매일매일 늘 하시던 대로 유모차를 끌고 파지를 줍고 빈 병들을 주어 날랐다. 반으로 접힌 등에는 수지를 업고 집을 나서는 순간부터 도착할 때까지 한 번도 수지를 내려놓지 않으셨다. 마치 누가 훔쳐라도 갈까 봐 수지를 자기와 한 몸처럼 업고 다니셨다. 아무리 잔소리를 해도 먹히지 않으니 나는 봐도 못 본 척 아니 관심도 없었다. 그중에 어떤 새끼의 자식인지도 모를 수지를 쳐다보기도 싫었다.

딱 한 달 만에 나는 다시 민지가 있는 이태원 나이트 클럽 앞에 서 있었다. 주임이란 자식은 거의 9시가 넘어야 오니 그전에 둘이만 만나자고 전화를 했다. 마치 돈이 준비된 것처럼 가슴속에는 식칼을 숨기고 감싸 안고 있는 모습이 그들에게는 정말 돈이라도 소중히 숨기고 있는 것처럼 보였는지 누군가라도 함께 오면 돈을 주지 않겠다고 말하고 지난번 그 여관에 미리 가서 그를 기다리고 있었다.

주임이란 자식은 다른 놈들에게서 내 품 속에 정말 돈이라도 든 것처럼 말을 들었는지 들뜬 얼굴로 10시가 조금 넘어서 밖에서 노크를 했다.

"어이, 형씨! 문 열어."

"분명 혼자 온 거 맞소?"

나는 재차 확인하고 문을 열어 주었다.

"아이씨! 혼자 온 거 맞는다고!"

"뭐 대단한 일이라고 이 지랄이야!"

"장난하나."

"지금 누구한테 명령이야!"

"돈은? 돈을 준비했다고 들었는데…."

들어서는 그를 나는 기다렸다는 듯이 준비해 간 식 칼로 그를 사정 없이 찔렀다. 제정신이 아니었다. 그는 칼에 찔리자 '억' 소리를 지르며 곧장 앞으로 고꾸라졌 다. 그가 일어서기 전에 재빨리 다시 한 번 그의 등을 내 리찍고 또 찍어 내렸다. 그렇게 몇 번을 어떻게 어디를 얼마나 찌르고 찔렀는지 온 방에는 그 인간의 피가 튀 고 내 몸과 얼굴도 마찬가지였다.

나는 덜덜 떨면서 그렇게 숨이 끊어져 가는 그놈을 보면서 한마디 했다.

"나는 사람을 죽인 것이 아니라 짐승새끼를 죽인 거 야! 알아?"

"난 너를 죽어서도 또 죽일 거야!"

"잘 가라, 짐승만도 못한 새끼!!"

그렇게 그가 숨이 끊어진 걸 확인하고 나는 스스로 전화기를 들었다. 숫자 3개를 누르는데 얼마나 떨리는 지 숫자가 보이지도 않았다.

"네, 112입니다."

"제가 사… 사… 사람을 아니 짐승을 죽였습니다."

"뭐라고요? 선생님, 자세히 말씀하셔야 저희가 도울 수 있습니다."

"제가 지금 사람을 죽였다고요."

"여기 이태원 근처 ○○여관 204호입니다."

그렇게 전화를 끊고 나는 경찰들이 올 때까지 한 발자국도 움직이지 않았다. 아니, 움직일 수가 없었다. 나역시도 무섭고 겁이 났다. 민지와 어머니의 슬픈 얼굴이 떠올라 더욱더 괴로웠지만 결코 내가 이런 짐승을 죽인 것에는 후회가 없었다. 10분도 지나지 않아 경찰들이 들이닥쳤다.

어느새 손에는 수갑이 채워져 있었고 그 사이 여관 앞은 인산인해가 되어 지나갈 틈도 보이지 않았다. 경찰 중 한 명이 자신의 점퍼로 나의 피로 얼룩진 얼굴을 덮어 차에 태웠다. 여기저기서 수군거리는 소리와 함께 살인이 났다는 둥 싸웠다는 둥 그런 말들이 점점 조그맣게 들리기 시작하면서 그 자리에서 경찰서로 이동했다.

경찰서에 도착해서도 나는 떨고 있긴 했지만 수갑을 찬 채로 그들이 묻는 말에 대답하기 전에 민지 얘기를 먼저 했다. 어차피 나의 길은 정해져 있는 것이고 다 얘기할 것이기에…

"그곳에 있는 놈들이 도망가지 못하게 내 딸을 먼저 구해 주십시오."

경찰은 딸을 구해 달라는 나의 말에서 범상치 않음을 알아챘다.

"따님이 지금 어디에 있습니까?"

"이태원 ○○나이트클럽에 감금돼서 도망도 못치고 잊지도 않은 빚을 만들어 감금 생활을 하고 있습니다."

"제발 제 딸을 집으로만 보내주시면 모든 것을 다 말하겠습니다."

"제발 부탁드립니다."

"시간이 없어요."

나는 바짓가랑이를 잡고 경찰 앞에서 엎드려 울면서 매달렸다. 그 말을 들은 몇몇 경찰들과 사복을 입은 형사들도 모두 내가 말한 곳으로 움직였다. 그제야 나는 안심을 했고 조사를 하던 경찰은 나를 의자에 앉혔다. "일단 지금 모두들 그쪽으로 갔으니 안심하시고 어떻게 된 건지 말해주시지요."

나는 옷을 걷어올려 내 배를 보여주었다. 경찰은 나의 배에 있는 수술 자국들을 보며 놀람을 금치 못했다.

이름 김동수입니다.

나이는 54세.

그렇게 시작된 자술서를 진행해가고 있는 중 갑자기 경찰서 안이 시끌벅적하며 온갖 남자와 여자들이 안으로 줄지어 들어오기 시작했다. 슬쩍 돌아봤을 때 민지도 있었다. 나는 나의 몰골은 생각지 못하고 민지를 보자 반가운 마음에 부르려다 이내 고개를 숙여 나를 감쳤다. 나는 이제 살인자이기 때문이다. 하지만 민지는 나에게 다가와 큰 소리로 울기 시작했다.

"아빠! 나 때문에 내가 뭐라고….

"아빠! 어떡해요!"

"경찰 아저씨, 다 저 때문이에요!"

"저를 잡아가세요!"

"아빠는 아무 잘못이 없어요!"

나 역시도 눈물이 나려 했지만 참고 또 참았다. 민지는 간단한 조사 끝에 집으로 돌아갈 수 있었다. 가기 전에 민지는 나를 한 번 더 만나려고 했다. 나 역시도 할 말이 있기에 경찰관에게 부탁을 했다. 5분만 볼 수 있게 해달라고….

그렇게 5분의 면회가 시작되기 무섭게 나는 말했다. "민지야, 이제 절대로 할머니 곁을 떠나서는 안된다!"

"그리고 할머니께는 아무 말도 하지 말고 아빠는 인천항에서 돈 벌러 배 타러 갔다고 하고 다신 서울 근처도 오지 말아."

"그리고 마지막으로 네가 낳은 아기 이름은 수지라고 부르기로 했어."

"아빠 호적에 올렸으니 넌 그냥 그 아이의 언니인 거야." "그러니 다시 공부해서 바른 삶을 살길 바란다."

"아빠 마음 알지? 아빠는 처음부터 지금까지 우리 민지를 믿는다."

"이제 어서 가서 할머니와 아기를 부탁하마."

"미안하다….."

민지는 고개만 끄덕일 뿐 흐르는 눈물을 주체하지도 못 할 정도였다. 나는 그간에 있어났던 모든 일들을 얘기하고 다음 날 바로 검찰로 넘겨졌다. 자수라는 것과 모든 것을 인정하여 법의 판결만이 남아 있었다.

어느새 판사 앞에 앉아 있는 나는 모든 것을 포기하고 있었다. 무기도 상관없고 사형도 두렵지 않았다. 우리 민지가 더 이상 고통받지 않고 집으로 돌아갔다는 것만으로 모든 것을 감당할 의지가 생겼다.

검사는 어찌 됐든 살인을 한 것이고 장기 역시 팔아 이익을 취하진 않았지만 그 역시 동기가 불순하다며 형량을 늘리려고 하고 있었고, 변호사는 오히려 자신의 딸을 위해서 아무것도 가진 것이 없는 아버지가 할 수 있는 행동이었다며 죄질이 좋은 것은 아니지만 선처를 부탁한다고 말하고 있었다.

판사는 장기를 불법으로 매매하려 했고 범행 방법이 계획적이었지만 자신의 딸을 구하기 위한 범행의 동기와 경위를 인정했다. 또한 피고가 스스로 자수한 점을 정상 참작하여 징역 5년을 구형했다.

나는 모두들 일어나 나가는 자리에 잠시 서 있었다. 뒤를 보니 민지가 울면서 나가지 않고 앉아 있었다. 나는 괜찮다는 듯이 웃어 보였다. 아니 정말 괜찮았다. 모든 것들을 마치 청소라도 한 듯이 마음마저 홀가분했다. 더 이상 민지가 상처받지 않고 그런 곳에서 빠져 나올 수 있어서….

사람을 죽였다면 무조건 사형을 받는 줄만 알았던 무식한 나는 모든 사람들에게 감사해 하고 있었다. 내가 저지른 모든 죄를 내가 다 받고 민지에게는 더 이상 아무 일도 없었던 것처럼 그냥 다시 예전의 자리로 돌아가고 나 역시 지은 죄만큼 충실히 달게 받을 것이다. 운이라고 해야 할지 감사하다고 해야 할지 아무튼 나는 청주 교도소로 이감되었다.

솔직한 심정으로는 어머니께는 알리지 말라고 했지만 그래도 어머니가 그리웠고 등이 90도로 꺾인 어머니가 나를 보기 위해서도 멀지 않은 곳에 보내 주었다는 생각에 죄를 지어 들어와 있으면서도 작은 것에도 감사했고 그 누구와도 시비나 말썽을 부리지도 않았다.

*

그렇게 청주로 온 이후 어머니와 민지가 수지를 업고 처음 면회를 왔다. 어머니는 얼마 전에 딸을 찾으러 간다는 사람이 어떻게 이런 곳에 있게 되었냐고 대성통곡을 하셨다. 민지 역시 울지 않는 건 아니었지만 아무 말도 하지 말라고 신호를 보냈다.

"괜찮아요, 어머니"

"친구들하고 한잔하다가 사고가 좀 있어서 어쩌다 보니 이렇게 됐어요."

"너무 걱정하지 말고 민지하고 잘 지내시고 계세요."

"저 역시도 밥도 잘 먹고 여기서 목수 일도 하면서 정말 잘 있으니 어머니 건강만 신경 쓰세요."

"민지도 할머니 속상하게 하지 말고, 우리 조금만 참자."

"알았지?"

"네, 아빠 걱정 말고 몸조심하세요."

"그리고 할머니가 영치금 좀 넣었어요."

"부족하시겠지만 그렇게라도 해야 할머니 마음이 편하시다고 해서…."

"혹시 그게 신문에 말려 있던 돈이었니?"

"네, 어떻게 아세요?"

"아니다."

"아무튼 어머니 잘 쓰겠습니다."

"그리고 여기서 나가면 정말 효도하면서 모실게요."

"조금만 참고 기다려주세요."

면목 없고 죄송스러웠지만 그렇게라도 말해야 어머니가 조금은 안심을 하실 것 같았다. 그리고 너무 자주 오지 마시고 힘드시니까 가끔 민지에게 편지로 보내세요. 나는 그 안에서 어머니께 큰 절을 올리고 아직 남은 시간이 있었지만 안녕히 가시라며 어머니가 한 것처럼 눈물을 들키지 않으려고 코를 풀었다. 그렇게 돌아와 나는 감방 안 화장실에서 한참을 울었다. 함께 있던 사람들은 다행히 그런 나를 이해라도 해주는 듯 아무도 나를 함부로 대하지 않았다.

나는 어머니가 넣어주신 영치금을 어떻게 해서 모아둔 돈인지 알기에 한 푼도 쓰지 않고 감방 안에서 온갖 잡일을 하며 조금씩 얻어 쓰는 빈대 아닌 빈대를 스스로 자처했다. 빈대여도 상관없었고 나이가 한참 어린 감방 고참에게 얻어터져도 절대 맞서지 않았고 어떤 식으로든 나를 무시하고 욕을 해도 나는 마치 귀머거리가 된 듯이 참아냈다. 그렇게 어머니와 민지가 다녀간 이후 나는 하루도 마음이 편하지 않았다. 그들에게 가장 필요하고 지켜줘야 할 사람이 이 안에 갇혀 지켜줄 수 없는 처지가 되어버린 것이다.

그날 이후로 밥 한술에도 목이 메어 마음 편히 먹어본 기억이 없다. 대신 나는 그 안에서 목수 일을 배우기 시작하면서 더 열심히 누구보다 땀나게 일하며 시간을 보냈다. 한동안 어머니와 민지는 면회를 오지 않았다. 어떻게 지내는지 궁금했지만 민지를 믿고 불안해하지 않기로 했다. 나 역시도 일부러 편지를 보내지 않았다. 괜히 영치금 때문에 연락한 것일 거라고 생각하실까 봐 부담 드리기 싫어 안부조차 편하게 묻지 못했다. 어느 날 민지로부터 편지 한 장을 받았다.

아빠, 민지에요. 잘 지내시죠? 저도 할머니와 수지랑 같이 학교도 다니면서 잘 지내고 있어요. 할머니께 힘들다고 수지를 업지 말라고 해도 한 시도 내려놓지 않고 파지를 줍고 다니시는 건 여전하세요. 근데 할머니가 건강이 많이 안 좋으신지 예전 같지 않게 힘들어하세요.

괜히 저 하나 때문에 온 가족이 전부 고생하는 것 같아 제 마음도 편하지는 않지만 그래도 할머니에게는 티내지 않고 잘하고 있어요. 솔직히 저도 수지에게 그리 정이 가지 않아 정 붙이기에는 좀 걸리겠지만 노력하고 있어요. 아빠도 그곳에서 힘드시죠? 이곳 걱정은 마시고 아빠도 항상 건강 조심하세요.

- 사랑하는 딸 민지 올림 -

내용은 간단했지만 왠지 모르게 마음이 무거웠다. 편지는 자주 오지 않았고 면회 역시 그리 자주 오지도 않았다. 섭섭함보다는 별일 없기만 바랄 뿐이었고 어서 여길 나가 어머니를 편하게 모시고 싶다는 마음만 더욱 급해져만 갔다. 그렇게 민지는 민지대로 할머니에게 보탬이 되고자 이것저것 알아보다 얼마 전부터 학교가 끝나면 편의점에서 5시간씩 아르바이트를 하고 마지막 버스를 타고 집으로 왔다. 아무리 괜찮다고 해도 할머니는 매일을 하루도 빠짐없이 정류장에서 점점 더 굽어 가는 등에 수지를 업고 마중을 나와 계셨다.

"날도 추워지는데 뭐 하러 나와 있어."

"어련히 끝나면 갈 건데…."

"아녀, 한 개도 안 추워야."

"등에 수지가 얼마나 따뜻하게 나를 잡고 있는지 땀이 날 정도여."

"힘들었지?"

"할미가 밥상 차려놨어."

"어여 가자."

나는 할미 등에 업힌 수지를 슬쩍 볼 뿐 아는 척도 하지 않았다. 내가 낳았다고는 하지만 정말 아비가 누군지도 모르는 다신 생각하고 싶지도 않은 그런 곳에서 생긴 아이라 아무리 이쁜 짓을 해도 한 번도 안아준 적이 없었다. 지금 생각해보면 그때 차라리 어디 고아원이라도 보냈어야 한다는 생각이 들었다. 그래야 지금 할미도 덜 힘들 것이고 아빠에게도 아무 일도 일어나지 않았을 것이다.

못된 생각이지만 수지가 우는 것도, 웃는 것도 싫었다. 내가 아무리 그래도 할미는 수지를 정성으로 보살폈다. 기운도 없으면서 추우나 더우나 업고 다니고, 그러다 누군가 할미 드시라고 음료수라도 주는 날에는 얼른 내려 수지 먼저 맛을 보게 하고 당신 배고픔보다 수지를 먼저 생각했다. 그런 할미를 볼수록 나는 미안하고 죄송했지만 수지에 대한 마음은 쉽게 변하지 않았다.

하루는 할미 몰래 수지를 갖다 버릴 생각까지 한 적도 있다. 그러다 들켜 할미는 더욱 나에게서 수지를 지키려는 듯이,

"니 새끼가 아니고 내 새끼니까 함부로 나쁜 맘 먹으면 안된다! 천벌받어, 알았냐."

나는 아무 대답도 하지 않고 방으로 들어와 버렸다. 할미는 아무것도 모르면서 그게 누구 앤 줄 아냐고 말하고 싶었지만 참았다. 낳고 싶어 낳지도 않았고 사랑하는 사람의 아이도 아니었다. 예전의 기억들을 지울 수 없어 더더욱 수지를 보는 것이 힘들었다.

그렇게 시간이 흘러 나는 고등학교를 무사히 졸업했다. 비록 뒤늦게 들어가 스물한 살에 졸업을 했지만 여러 자격증을 취득할 수 있었다. 그사이 수지도 제법 커서 이젠 정말 업고 다니지 않아도 되는데도 할미는 아스팔트의 시커먼 먼지와 굽은 허리로 수지를 업고 남의 집에 밭일까지 주름 사이사이에 문신처럼 까맣게 먼지가 지워지지도 않을 정도로 박혀 금방이라도 쓰러질 듯이 수척해서 까맣다 못해 꺼멍 할미가 되어 있었다.

*

나는 취직 전에 아빠를 만나고 싶어 오랜만에 면회를 갔다. 아빠는 아빠대로 그곳에서 세월을 보내며 얼굴이 많이 수척해 있었다. 안에 계시면서도 항상 우리들만 걱정하고 계시고 있다는 걸 알고는 있었지만 막상 아빠 얼굴을 보면 자꾸 눈물만 나고 말도 제대로 하지 못하고 돌아오곤 했다. 그래도 아빠는 항상 웃어 보이며 괜찮다는 말만 하고 들어가셨다.

나는 조그만 중소기업에 경리로 취직을 해서 전보다는 할미에게 도움을 드릴 수 있게 되어 좋았고 아버지의 영치금도 잊지 않고 매달 조금씩 드릴 수 있게 되었다.

수지는 어느새 걷다 못해 뛰어다니며 날 보며 언니, 언니 하며 따라다녔다.

"누가 니 언니야? 저리 가!"

"어째 그리 매정 하누."

"언니가 한 번 안아주진 못 할망정, 에이 매정한 것 같으니라고…."

"수지 이리 와."

"할미!"

"자 업고 나가자."

"그만 좀 업고 다니라니까!"

"그러다 정말 할미 허리가 부러지겠어."

"아녀, 아직은 괜찮응께 너나 조심히 잘 다녀."

말은 그렇게 해도 할미는 점점 정신도 흐릿해지는 것 같았다. 자꾸 잊어버리고 가끔은 멍하게 계실 때도 자주 보았다. 그랬다. 그게 시작이었는데 나는 너무 할미를 방관했는지도 모른다. 언제나 그 모습 그대로 계실 거라고만 생각한 것이 잘못된 생각이었다. 아무것도 모른 채 그렇게 나는 매일 일 좀 한답시고 할미를 도와드리지는 못할망정 오히려 등에 업힌 수지보다 더 힘들게 하고 있었던 것일지도 모른다.

빨래가 잘 안됐다는 둥 냄새나니까 좀 씻으라는 둥 창피하니까 이제 파지는 좀 줍지 말라고, 얼마나 번다고 힘들게 애까지 업고 다니냐고 했다. 할미 마음을 아프게만 하고 있었다. 정말 할미가 아픈 줄도 모르고….

말로만 걱정하는척했을 뿐 매번 그냥 지나친 것이 화근이었다. 나는 사회 초년생치고는 생각보다 성숙해서 주변에서 데이트 하자는 남자들도 한두 명씩 있곤 했다. 하지만 그 어느 누구와도 차 한 잔, 영화 한 편 본 적이 없었다. 그런 나를 보며 사람들은 굉장히 콧대가 높다고 잘났다고 흉을 보는 사람들도 있었다.

회사생활도 그럭저럭 적응해가며 사람들과도 제법 친해졌다. 하지만 항상 문제가 생기는 건 어쩔 수 없는 나의 업보 같았다. 아무도 나에게 관심 두지 않고 좋아하지 않기를 바라고 바랬다. 내가 아무리 그런 마음으로 일에만 집중한다고 해도 그건 나로서도 어쩔 수 없는 것이었다. 한 번은 거래처에서 자주 오는 한주임이란 사람이 자꾸 농담 반 진담 반으로 밥 한 번 먹자고 몇 번을 말하길래 애인이 있다고도 말했다. 하지만 그는 내 말을 믿지도 않았고 사람들에게 물어보니 당연히 없다고 들어서 한껏 자신만만한 얼굴로 신경 안 쓰고 내게 다가왔다.

그런 그가 나는 눈곱만큼도 관심이 없었다. 키도 작고 배도 나와 정말 볼품없는 외모에 나이도 서른은 족히 넘어 보였다. 내가 아깝다는 것이 아니라 정말 어디서 나오는 자신감인지 그는 한 번도 그냥 넘어가질 않았다. 그는 일주일에 세 번 정도 회사에 와서 신상품이나 재고 파악을 하고 갔다. 왠지 나를 좋아한다고 하니 전에는 보이지 않았던 남자의 품성이란 것이 느껴졌다. 고집이 셀 것 같고, 이기적일 것 같고, 뭐든 자기 마음대로 할 것 같은 왠지 모를 그런 느낌들이 싫었다.

단칼에 거절했지만 그는 끊임없이 꽃바구니며 작은 귀걸이 같은 선물을 보내왔다. 아무리 그래도 나는 그것들을 모아둘 뿐 집으로 가지고 오지도 관심도 두지 않았다. 오히려 그가 그럴수록 이상하게 더 그를 피하고 싶었고 그와 엮이고 싶지 않았다.

그런 시간들이 얼마나 지났는지 모처럼 일찍 출근해 사무실을 청소하고 있는데 사람들이 수군거리는 소리를 들었다.

"아닌척하더니 둘이 그렇고 그런 사이라며?"

"그게 아니고 회사에서만 아닌 척하지 둘이 맨날 모

텔 가서 잔다나 봐."

"설마, 미스김이 그럴 리가."

"선물도 쳐다보지도 않던데."

"설마 그렇게까지…."

사무실은 컨테이너를 조립해 만든 허술한 곳이었기에 밖에서 조금만 크게 얘기하면 다 들릴 정도였다. 나는 당장 밖으로 나가서,

"누가 그런 재수 없는 소릴 하고 다니는 거예요!"

"누가 어디서 뭘 봤다는 거냐고요!"

"그런 말 한 사람 데리고 와 보세요!"

나는 큰 소리로 당당하게 말했다.

"한 번만 더 이상한 소리들 하시면 그땐 말로만 끝내지 않을 거예요!"

주변은 나의 몇 마디 말에 쥐 죽은 듯이 고요해졌다. 서로 눈치만 볼 뿐 아무도 나서서 당당하게 말하는 사람도 없었다. 나는 분명 한 주임이 일부러 쓸데없는 소문을 만들어 퍼뜨린다고 생각하면서 그를 기다렸다. 단단히 주의를 주기 위해서 두 번 다시는 나에게 관심도 갖지 말라고 할 참에 기분 좋은 아침을 망친 것 같아 짜증이 나 있었다.

2시가 지나자 어김없이 한주임이 나타났다. 나는 사장님과 얘기가 끝난 다음 기다렸다는 듯이 그를 불러 밖에서 사람들이 많이 있는 곳을 골라 큰 소리로 말했다.

"두 번 다시 저에게 그 어떤 선물도 어떤 말도 하지 않았으면 좋겠어요. 자꾸 이상한 말들이 나오니 짜증도 나고 있지도 않은 일로 사람들 입에 오르내리기 싫으니까 앞으로는 조심해 주셨으면 좋겠어요!"

그는 나의 앞뒤 없는 말에 당황을 했는지 금세 얼굴이 빨개졌다. 나는 그가 뭐라고 대답하려 하는 순간 자리를 벗어났다. 사람들은 그제서야

"거 봐, 아니라니까."

"괜히 아는척하다 저 성질에 당하기라도 하면 우리만 피해 본다니까."

"들어가 일이나 하자고."

그는 굉장히 창피하고 어쩌면 화가 났을 수도 있을 것이다.

사람 좋아하는 것이 잘못한 일은 아니지만 열 번 찍어 안 넘어가는 나무도 있다는 걸 그 역시도 받아 들여야 한다고 생각했다. 간혹 친구들과 약속이 없으면 할미 일도 도울 겸 나는 일찍 들어갈 때가 있었다. 하루는 할미가 날도 추운데 부엌에서 물을 데워 수지를 씻기고 있었다. 순간 나도 모르게 할미에게 큰소리를 냈다.

"이렇게 추운데 애를 여기서 씻기면 어떡해!"

"할미는 그것도 몰라?"

"안에서 씻겨도 감기가 걸릴까 말까 하는데 문짝만 있지 밖이나 다름없는 부엌에서…"

할미는 당황한 듯,

"매번 이러구 씻겨도 아무치도 않았다니께."

나는 처음으로 수지를 수건에 감싸 안고 방 안으로 들어왔다. 4년 만에 처음으로 수지를 안아 본 것이다. 수지는 나를 보고,

"언니, 언니 좋아."

하며 나에게 안긴 채 떨어지지 않으려 했다.

기분이 조금 이상해지려 하자,

"애가 왜 이래? 누가 네 언니라고… 저리 가!"

할미는 그런 나를 보며,

"그래도 지 새끼라고 걱정은 되나 보네."

"저것도 지 에미인지 아는 건지, 그러니 품에서 안 떨어지려고 하고…."

"원래 천륜이란 것이 그런 거여!"

"할미는 지금 무슨 말을 하는 거야!"

"누가 에미고 누가 새끼야?"

"아이 짜증 나, 오랜만에 좀 일찍 들어와 쉬려고 했더니…."

나는 내 방에 들어가서 옷도 벗지 않은 채 누워 버렸다. 할미는 지금까지 한 번도 나에게 표현하지 않았던 얘길 꺼내 당신 역시도 잠깐 실수했다는 생각을 하는지 멍하게 수지가 옹알거리며 이리저리 돌아다니는 모습만 아무 말 없이 바라만 보고 있었다.

*

다음날 출근 때문에 서두르는 나에게 할미는 조그만 조약돌 세 개를 달구어 손수건을 두 겹으로 싸서 주머니에 넣어 주셨다.

"난 괜찮다니까, 할미가 춥지."

"맨날 수지 업고 다니면서…."

할미는 그냥 손짓으로만 어여 가라는 듯이 손을 저었다. 나 역시 더 이상 아무 말 하지 않고 할미의 따뜻함에 손을 넣고 온기를 느끼며 걸어갔다. 회사에 도착할 때까지도 돌은 식지 않고 따뜻했다. 어제 괜히 할미에게 큰소리친 게 자꾸 마음에 걸렸지만 곧 잊어버리고 일을 시작했다.

그 시간 할미는 이른 아침부터 또 지수를 등에 업고 유모차를 끌고 나갈 채비를 하고 계셨다. 아무리 유모차에 힘을 기대고 다녀도 점점 이 일도 힘에 붙인다는 것을 알고 있었다. 그보다 더 중요한 것은 할미에게서 전에는 느낄 수 없었던 증상들이 하나씩 보이기 시작했다.

수지야 항상 등에 업혀 있으니 잊지는 않았지만 작은 것부터 기억을 못 한다거나 기껏 모아둔 파지가 어디 있는지조차 기억을 하지 못했다. 하지만 할미는 나와 아빠가 걱정이라도 할까 봐 병원이라도 가면 병원비가 무서워 혼자 아무에게도 말하지 못하고 그저 나이 탓만 하고 있었던 것이었다.

나는 어제 일로 마음이 편치 않아 일찍 들어와서 할미의 저녁을 준비하고 기다렸지만 할미는 밤이 늦었는데도 들어오지 않으셨다. 점점 걱정이 되어 불안해하고 있을 10시가 훌쩍 넘은 시간에 유모차가 끌리는 소리가 들렸다. 나는 얼른 나가 보았다. 할미에게는 파지 한 장도 없었고 등에 수지만을 업고 금방이라도 쓰러질 듯이 마루 끝에 멍하니 앉아서 숨을 고르고 있었다.

"할미, 왜 이렇게 늦게 왔어?"

"내가 밥해 놓고 얼마나 기다렸는데, 어디 갔다 온 거야?"

할미는 말없이 나를 지긋이 바라보았다.

"아가씨는 주인도 없는 집에서 뭐하고 있수?"

눈이 다 풀리며 힘 없이 나에게 한 말이었다.

"할미 왜 그래? 무섭게…."

"나 민지잖아, 응?"

"민지? 민지는 내가 업고 있는데 어디서 누굴 속이려구."

"너, 도둑 년이지!"

나는 순간 너무 무섭고 당황해서 아무 말도 하지 못하고 그대로 얼어버렸다. 다음 날 나는 회사에 전화를 걸어 집에 일이 생겨 나가지 못한다고 전화를 하고는 할미를 모시고 작지만 시내 병원으로 진찰을 받기 위한 준비를 하고 있었다.

할미는,

"오늘 회사 쉬는 날이여?"

"응, 쉬는 날이야."

"그래서 할미랑 놀러 좀 가려구."

"들어와 봐, 깨끗하게 씻고 우리 좋은 데 놀러 가자."

"씻어봐야 늙은이 누가 봐 준다고 물 아깝게…."

"그러지 말고 어서 들어와."

"내가 다 해줄게."

"할미는 그냥 편하게 통 안에 앉아만 있으면 됩니다."

나는 할미를 아무 일 없는 척 그렇게 나를 어릴 적 씻겨 주시던 목욕 통 안에 할미를 조심히 앉혀 씻겨드리기 시작했다.

얼마나 씻지 않은 건지 물은 금세 시커먼 구정물처럼 변해 있었다. 아무리 안간힘으로 씻겨 드리고 있었지만 한참을 그렇게 몇 번을 헹구어 내니 조금은 깨끗해진 느낌이 들었다. 방으로 모셔 로션을 발라 드리고 머리도 빗겨드렸다. 손톱 밑은 이미 지울 수 없는 숯 검둥이 빠지지도 않게 박혀 있었고 흰머리에 가려 검은 머리는 찾기도 힘들었다.

우리는 그렇게 간단히 준비 후 시내 병원으로 향했다. 병원 앞에서 할미는,

"누가 아픈 겨?"

"내 새끼 어디 아픈 거여? 여긴 왜 왔어."

"응, 우리 할미 어디 아픈 곳은 없는지 검사 좀 해보

려고….”

　“아픈 거 아니니까 걱정 말고 들어가자.”

　“할미 아프면 안 되잖아.”

　잠시 후 의사는 이것저것 검사를 해 보고는 서울 큰 병원에 가야 정확하겠지만 치매 증상인 것 같다고 했다. 그것도 초기가 아닌 꽤 진행 중이었다. 내 생각이 맞았다. 의사는 간단하게 약을 처방해 주고 늦기 전에 큰 병원으로 모시고 가서 꼭 다시 진찰을 받아야 한다고 했다. 나는 알겠다고 하고 병원을 나와 할미를 미용실로 모시고 갔다.

　“우리 할미 예쁘게 머리해 주세요.”

　“괜찮은디 뭣허러 쓸데없이 돈을 쓰는지 모르겠네.”

　“우리 오늘은 놀러 나온 거니까 맛있는 것도 먹고 재밌게 시내 구경 하다가 집에 가자, 할미.”

　할미 역시 싫지 않은지 슬쩍 웃어 보였다.

　미용실 의자에 앉으면서도 수지를 내려놓지 않으려는 걸 내가 안고 있겠다고 하고선 할미를 달랬다. 할미는 거울 속의 자신보다 뒤에서 내가 앉고 있는 수지에게 눈을 떼지 못하고 있었다. 하는 수없이 할미 옆자리로 가서 수지를 안고 앉았다. 그제야 안심이 되었는지 할미는 더 이상 고개를 움직이지 않았다. 파마가 끝나고,

　“우와! 우리 할미 시집가도 되겠다. ㅎㅎㅎ”

　“이것이 할미를 놀리고 있어.”

"암튼 고맙다, 우리 민지."

우리 민지라는 말에 눈물이 핑 돌았다.

'그렇게 할미 나를 잊으면 안 돼.'

'아직은 안돼, 할미…'

한 평생 편안하게 하루도 쉬어 보지 못하고 아들은 감옥에 손녀는 몹쓸 짓만 하다 결국에는 또 수지라는 짐을 업혀드린 나 자신이 너무 미웠다.

'불쌍한 우리 할미.'

'조금만 천천히 아파해.'

'내가 고쳐줄 수 있을 때까지 조금만 천천히, 내게 시간을 줘요.'

그렇게 할미 손을 잡고 우린 짜장면 집으로 향했다. 할미는 집이 아니면 절대로 수지를 내려놓지 않았다. 짜장면을 먹으면서도 수지에게 먼저 먹이고 있었고 목이 아무리 말라도 항상 수지가 먼저였다. 당신은 당신 자신이 점점 기억을 잃어 가고 있음에도 수지만은 기억하고 있었다. 그런 할미를 보면서 나는,

"할미 우리 아빠 보러 갈까?"

"아빠 보고 싶지 않아?"

"우리 동수 돈 벌러 갔는데 누군데 이렇게 맛난 걸 사주는 거요?"

할미는 순간순간 정신을 놓고 있었다.

할미 앞에 앉은 내가 울고 있는 것이 이상했는지,

"이쁘장한 것이 꼭 우리 민지를 닮았구먼, 고것이 얼

마나 이쁜 짓을 많이 하는지 몰라요."

"할미 걱정은 또 얼마나 하는지…."

"그러고 보니 지금 내가 이렇고 있을 때가 아닌데 어여가 우리 민지 저녁상 봐서 정류장 가서 기다려야 하는디…."

"그 민지가 지금 앞에 앉아 있잖아."

"할미 그러지 마요."

할미는 나에게 시간을 주지 않으려나 보다. 할미에게 잘한 일보다 잘못한 일이 더 많은데 할미의 시간은 너무 빨리 가고 있었다.

"그래, 할미 집에 가자."

"아가씨도 얼른 집으로 가요."

"엄마 아빠가 기다릴 텐디…."

집으로 돌아와 난 아빠에게 편지를 썼다.

아빠, 날이 많이 추운데 잘 지내고 계세요?

혹시 감기라도 걸리진 않았는지 걱정이 돼요. 저는 매일 할미가 돌을 데워 주머니에 넣어 줘서 항상 따뜻하게 회사도 잘 다니고 있어요. 할미는 아무리 말려도 수지를 등에서 내려놓지 않아요. 그곳에 계신 아빠에게 말하지 않으려고 했지만 더 이상 제가 혼자는 감당할 수가 없어 고민 끝에 말씀드려요. 할미가 조금 이상해서 낮에 병원을 다녀왔는데 치매가 이미 한참 진행 중이래요. 저를 몰라보실 때도 있고 아빠는 돈 벌러 가신 줄 알고 계시나 봐요. 회사를 가도 마음이 놓이지가 않아요. 모아 둔 파지도 찾지 못하고 빈 유모차만 가지고 밤이 늦어서 들어오시고…. 제가 누군지도 잠깐씩 잊어 다른 사람처럼 대할 때가 많아지고 있어요. 아직 아빠가 그곳에서 나오려면 한참인데 저 혼자 어떻게 해야 할지 정말 모르겠어요. 할미도 할미지만 수지까지 업고 다니면서 집도 찾지 못해 할미를 잃어버릴까 봐 겁이 나요. 아빠, 왜 우리는 항상 좋은 날 보다 이렇게 힘든 날 만 있는지 모르겠어요. 그 안에서 힘든 아빠를 생각하면 저라도 힘을 내야 하는데 저 역시도 점점 약해지고 있는 것 같아요. 회사를 안 다닐수도 없고 그렇다고 할미만 두고 다닐 수도 없고, 어떻게 해야 할지 정말 모르겠어요. 아빠, 너무 보고 싶어요. 할미를 위해서 제가 할 수 있는 일이 뭔지를 모르겠어요.

평생을 고생만 하신 할미를 보면 눈물만 나고 아무 것도 모르고 할미 등에서 떨어지지 않으려는 수지도 밉고, 이 모든 것이 다 제 탓인 것만 같아 마음이 너무 아파요. 아빠, 그래도 아빠가 돌아오실 때까지는 저 역시도 힘을 내 볼게요. 아빠가 항상 저를 믿어 주셨듯이 저도 할미를 믿고 싶어요.

다시 건강해지시기를….

하루빨리 아빠를 만날 날을 기다리며….

- 아빠 딸 민지올림 -

*

편지를 받자마자 아빠는 내게 답장을 보내셨다.

먼저 잘 있는지 보다는 지금의 상황에 어찌해야 할지를 더 고민 중이라고 말씀하시며 내가 힘들까 봐 더 걱정하셨다. 순간 괜히 아빠에게 말한 것 같아 죄송하고 후회스러웠다. 아빠는 그 안에서 한 발자국도 움직일 수 있는 자유의 몸도 아닌데 내 생각이 너무 짧았다.

아빠는 그저 미안하고 또 미안하다고만 하셨고 할 말이 없다고 하셨다. 그런 아빠의 마음을 알기에 어떻게든 내가 해결하려고 노력했다. 밤낮없이 할미는 아빠도 없는 방 아궁이에 불을 때고, 새벽에도 유모차와 수지를 업고 나가셨다.

정신이 없을 정도로 아무것도 할 수 없었다. 회사에서는 일에 집중하지 못해서 여러 번 혼쭐이 난 적도 많았고 일이 끝나지도 않았는데 퇴근을 하는 일도 잦았다. 점점 사장의 눈 밖에 나는 상황만 생기고 있었다. 한번은 사장님이 나를 조용히 부르셨다. 나는 사장님이 뭐라고 할지 알고 있었다.

"민지 양 사정이 힘든 걸 알지만 우리 일도 중요한 일이기에 어쩔 수 없이 모진 말을 하게 됐어요. 일주일 정도 시간을 줄 테니 어떻게 해야 할지 우리 생각 좀 해 봅시다."

"내 말이 무슨 뜻인지 알지요?"

"결정이 되면 얘기해줘요, 괜히 내가 미안하네."

"아닙니다."

"죄송해요, 사장님."

"곧 어떤 결정이든 말씀드릴게요."

그렇게 내 자리로 돌아와 앉아 일을 다시 하려는데 눈물이 떨어졌다. 어느새 나 역시도 눈물이 흐르는데 코를 풀고 있었다. 그런 와중에도 나도 모르게 헛 웃음이 나왔다. 가족은 가족인가 보다. 아닌 척 모른 척해도 서로의 버릇들이 닮아 있다는 것이 잠시 헛 웃음을 만들었다. 그래도 다행인 것은 가끔은 할미가 괜찮을 때가 있어 나는 사실을 할미에게 말하며 목에다 집 주소와 연락처를 적어 걸어 드렸다. 할미는 그런 내 손을 잡고서는 눈물을 흘리면서,

"불쌍한 내 새끼 이 할미까지 너에게 짐이 되어 버렸구나, 어쩌누 이 어린 거 불쌍해서…"

"아이구 내 새끼."

"괜찮아 할미, 그러니까 절대로 목에 걸린 주소를 빼면 안 돼. 안 그럼 영영 민지랑 아빠를 볼 수 없을지도 모르니까 아무것도 생각이 안 나거나 뭔가 이상하면 그냥 그대로 그 자리에 있어. 사람들이 보고 분명 전화해 줄 거야. 되도록이면 파지도 주우러 가지 말았으면 좋겠다. 그래야 할미 안 잊어버리지, 그치?"

"오냐오냐, 내 새끼. 이제는 안 돌아다닐 테니까 내 새끼 너무 걱정하지 말어라. 할미도 정신 줄 꼭 붙들고 있을라니까."

하지만 그날 이후로 나는 거의 매일 할미를 찾아다녔다. 코딱지만한 작은 동네라 그나마 다행인 것은 주위 분들이 모두 도와주셔서 할미가 안 보이면 모두들 찾아 주시느라 정신이 없었다. 그러다 간신히 할미를 찾고 나면 할미는 정말 거지가 따로 없을 정도로 지저분했고, 남이 먹다 버린 음식을 주워 드시거나 쓸데없는 쓰레기 따위로 유모차를 가득 채웠다. 등에 업힌 수지 역시 때가 꼬질꼬질하고 감기에 걸렸는지 콧물이 얼굴에 얼룩이 져서 살갗이 벌겋게 얼어 있었다. 앞으로 이런 날이 더욱 심해질 것이 뻔한 게 눈에 보였다.

수지에게 뭘 먹였는지 또 할미는 어떤 걸 주워 드셨는지 걱정이 한두 가지가 아니었다. 어느 날 갑자기 자식이 부모가 된 느낌, 할미가 손녀가 된 느낌이 들었다.

그때부터 사람들은 할미를 찾는 날에는 꼭 내게 전화를 걸어 꺼멍 할미를 찾았다고 말하기 시작했다. 나의 하루는 할미로 시작해서 할미로 마무리가 되었다. 아침 내내 나가지 말라고 잔소리하고 목걸이 잊어버리면 안 된다고 한 말을 또 하고 또 하고, 퇴근해서 돌아오면 할미랑 수지를 씻겨 저녁까지 챙기고 나면 녹초가 되어 버렸다.

그나마 그것도 할미가 가만히 집에 있어야 할 수 있는 것들이었다. 아니면 밤을 새우거나 다음날까지도 찾지 못한 날도 있었다. 그런 날에는 나도 모르게 수지까지 걱정이 되기도 했다. 할미도 할미지만 정말 수지를 어디다 두고 온 지 기억이라도 하지 못한다고 생각하면 어떻게 살아야 할지까지도 하는 마음에 더욱 불안했다.

이상하리만치 그렇게 정을 붙일 수 없었던 아이가 걱정이 되었다. 그전에는 차라리 어디다 버리거나 고아원 앞에 두고 오고 싶다는 생각도 자주 했는데 요즘은 은근히 수지가 조금씩 내 마음에 들어오는 것 같이 느껴지는 순간도 종종 있었고 가끔은 예뻐 보일 때도 있었다.

할미의 치매 상태는 하루가 다르게 심해지고 있어 나는 더 이상 회사를 갈 수 없을 것 같았다. 이대로 할미 목에 걸어 준 목걸이만 믿고 있을 수도 없고, 마을 사람들에게 도움을 청하는 것 또한 더 이상 할 수가 없다고 생각하고 있을 때 근처에 사시는 아주머니가 보건소에 알아보면 답이 있을지도 모른다는 말에 나는 단숨에 보건소까지 뛰어갔다.

나는 보건소에 들어서자마자 숨을 헐떡이며 이리저리 어느 쪽에 물어봐야 하는지 정신없이 헤매고 있었다. 중년의 한 아주머니가 가까이 오더니, 어떻게 오셨어요? 하길래 나는 숨도 쉬지 않고 지금까지 있었던 일들과 아버지가 계시지 않고 아직 어린 동생과 할미를 위해 도움이 필요하다고 말했다.

그녀는 잘 왔다고 이제 걱정할 것 없다면서 나와 같은 경우는 나라에서 주는 혜택이 많으니 한 가지씩 의논하자고 했다. 그제야 나는 안심이 되어 눈앞에 있던 음료수를 한 모금 마실 수 있었다. 먼저 할머니는 무료 치매노인 요양소로 옮기고, 민지 역시 돌보미라든가 아니면 주말에 데려갔다 평일에 봐 주는 서비스가 있다고 했다. 그간 이런 것도 모르고 회사를 그만두고 내가 곁에 있어야만 한다고 생각했는데 얼마나 다행인지 나도 모르게 코 끝이 찡했다.

나는 회사를 계속 다닐 수 있게 되었지만 할미는 요양원으로 모셔야 했다. 하지만 제일 큰 문제는 할미는 수지를 내려놓지 않으시겠다고 고집을 부려 모시러 온 분들을 당황하게 만들었고 그 문제로 시간을 많이 지체하게 만들고 있었다. 나는 할미에게,

"수지는 내가 안고 있을게."

"할미는 아무 걱정 말고 지난번처럼 병원에 다녀 오시면 돼요."

"알았지?"

"나야, 나."

"민지가 업고 있을게요."

하지만 그것도 할미는 받아들이지 못했고 결국은 수지를 업고 요양원까지 가서 할미가 옷을 갈아입는 동안 수지를 안고 밖으로 나왔다. 어느새 알아차리셨는지 할미는 수지를 찾으며 울며 소리치고 계셨다. 하지만 나는 할미의 우는소리에도 이를 악물고 수지를 데리고 도망치듯이 요양원을 나왔다. 할미를 두고 나온 것도 마음이 아픈데 수지 때문에 한 마디도 하지 못하고 나왔

다.

　나는 수지 역시 할미처럼 어린이집 같은 돌보미 서비스 신청을 받아 주말에 보는 것으로 하고 집으로 돌아왔다. 너무도 조용하고 어둡고 마치 귀신이 금방이라도 나올 듯이 집안은 온기도 없이 스산하고 무서웠다. 왠지 모를 서러움 같은 것이 밀려들어 아궁이에 불을 지피면서 나는 소리 내어 울었다. 아주 오랜만에 그렇게 울었던 것 같다. 얼마나 울었는지 배가 고파 낡아빠진 냉장고를 열어 보고는 놀라지 않을 수가 없었다. 그 안에는 그동한 할미가 주워온 쓰레기부터 먹지도 못할 썩어버린 과일과 악취와 벌레들….

　이것이 나의 현실이란 것을 말해주듯 더럽고 지저분한 곳에서 또다시 뛰쳐나가 버리고 싶다는 생각을 했다가도 아빠를 생각하며 나는 온 집안을 청소하기 시작했다. 그렇게 시작한 청소는 밤이 늦도록 치워도 치워도 티가 나지 않았다. 아무것도 먹지 못하고 하루종일 여기저길 다녀서 기운도 없었다. 그날은 그렇게 그 자리 그대로 잠이 들어 버렸다.

*

할미와 수지를 보낸 후 집안은 조용했다. 회사에서 말고는 말할 사람이 없으니 거의 한 마디도 하지 않고 지냈다. 그렇게 조금씩 혼자인 걸 적응해 갈 즘 혼자 집에 있는 저녁 시간에 누군가 밖에서 나를 불렀다. 시간은 9시가 되기 전이었지만 밖은 너무 어두워 누가 서 있는지도 모를 정도였다. 대문 앞까지 가서야 그가 한 주임임을 알아볼 수 있었다. 여긴 또 어떻게 알고 왔는지 순간 짜증이 났다.

"이 시간에 여긴 어떻게 알고 오셨어요?"

대문이라고 해봤자 어른 어깨 높이여서 굳이 문을 열지 않아도 상대를 볼 수 있었기에 나는 문을 열어주지 않은 채 물었다.

"민지 씨 애길 듣고 걱정도 되고 뭐 도와 드릴 일은 없는지 궁금하고 며칠 보지 못해 보고 싶어 왔습니다."

"정말 제 말을 무시하는군요. 저는 분명 제 의사를 밝혔고 더 이상 이렇게 찾아오시거나 부담스럽게 하신다면 저도 어쩔 수 없이 회사를 그만두는 수밖에는 없어요."

"아닙니다."

"정말 다른 의도는 없습니다."

"한 번만 저의 진심을 봐 주시면 안 될까요?"

아무 말도 하지 않고 나는,

"그럼 안녕히 가세요."

하며 안으로 들어와 버렸다.

분명 누군가를 만나고 사랑할 마음도 용기도 없다고 생각하고 있었는데 잠시 이상한 생각이 들었다. 아빠는 내게 아무 일도 없었고 언제나 착한 딸 그대로라고 늘 말씀하셨다. 겁내지 말고 피하지도 말고 다시 시작하는 마음으로 즐겁게 내 나이에 맞게 평범하게 살라고 했다. 그래도 아무도 뭐라고 하지 않고 흉보지 않으니 잘못한 게 없는데 숨고 피할 필요는 없다고 하신 말씀이 다시 한번 떠올랐다. 내가 너무 몇 해 전의 일로 남자에 대해 벽을 두고 살고 있었던 건 아닌지, 아니면 아직도 그때를 잊지 못하고 괴로워하는지 완전히 잊지는 못하겠지만 그래도 노력해 왔기에 나 역시도 평범해지고 싶었다. 그래서 든 생각은 한주임이란 남자 역시 진심으로 나를 좋아하고 있는 것일지도 모르고 내가 너무 냉정하게 곁을 내주지 않았는지 가만히 생각해 보았다. 그 순간 아직 그는 가지 않았는지 밖에서 그의 목소리가 들렸다.

"민지 씨, 민지 씨 주려고 꽃을 사 왔는데 그냥 문 앞에 두고 갈게요."

"내일 회사에서 봐요."

나는 5분쯤 지나서 나가 보았다.

정말로 그는 꽃만 한 쪽에 얌전하게 놓고 아무도 없었다. 난생처음 받아 보는 예쁜 붉은 장미였다. 나는 싫지 않은 미소로 향기를 맡아 보고 꽃을 들고 들어왔다.

한편으로는 그가 어떤 사람인지 외모로만 판단한 것은 아닌지 나 역시도 그에게 어느 것 하나 내세울 것도 없으면서 너무 모질게 대한건 아닌지 잠시 나를 돌아보았다. 돌아보니 막상 애원을 하고 혹시라도 나의 과거라도 알게 된다면 어떡해야 하는지 무섭고 싫었다. 상대의 외모가 문제가 아니었던 것이다. 나 스스로가 아무 일 없는 척 한 것뿐이었지 아직도 나는 지난 몇 년 전의 일을 완전히 지우지 못했기에 어느 누구도 가까이 오는 것이 무섭고 싫었던 것이다.

할미와 수지가 없는 집은 스산하고 너무도 조용했다. 난 갈수록 집에 들어오고 싶지 않았다. 아빠를 만나러 가지도 않았고 그 어느 누구와도 어울리지도 않았다. 주말인데도 수지를 데리러 가지 않았고, 할미 역시 만나러 가지 않았다. 그냥 아무것도 생각하고 싶지도 함께 하고 싶지도 않았다. 회사 야유회는 물론 사람들 자체와도 거리를 두며 지냈다. 한주임과는 더욱 거리를 두었지만 그는 진심으로 내게 다가 오려는 것을 느낄 수 있었다.

장난처럼 이 아닌 남자가 여자에게 다가오듯 그렇게 조금씩 천천히 서두르지 않고 그는 나를 기다려 주고 있었다. 한 날은 퇴근하려고 준비를 하는데 전화가 울렸다. 다른 날 같으면 분명히 받지 않았을 전화였는데 그날은 나도 모르게 전화를 받아서 모두 퇴근했다고 말하려고 하는 순간,

"여보세요?"

한주임이였다.

"네."

받지 말았어야 했나? 나는 그의 다음 말을 대충 느낄 수 있었다.

"민지 씨, 오늘 시간 괜찮으면 우리 간단히 소주 한잔할 수 있을까요?

'소주…'

'밥도 아니고 술을….'

잠깐 고민을 하다 갑자기 나도 한잔하고 싶다는 생각에,

"그러죠, 어디세요?"

"정말요?"

"네, 여기 시내 ○○호프집입니다.

"네, 바로 갈게요."

하며 전화를 끊고 나는 그가 기다리는 호프집으로 가면서 내가 지금 뭘 하고 있는 건지 왜 거절하지 못한 건지 알 수 없었다. 문을 열고 들어서자 손님이 들어왔다는 신호를 알리는 작은 종소리가 들렸다.

"여깁니다, 민지 씨."

저만치 안쪽 자리에서 나를 보며 손짓을 하는 한주임을 보고는 주위를 한 번 살폈다. 습관처럼 주위를 신경 쓰고 혹여 다른 회사 사람들이라도 볼까 걱정도 되고 아무튼 나는 누가 보기 전에 얼른 한주임 앞자리에

앉았다. 그는 기분이 별로 좋아 보이지 않았다.

"정말 민지 씨가 와 줄지 몰랐어요."

"일단 고마워요."

"아뇨, 저도 오늘은 왠지 한잔하고 싶은 마음도 있어서 괜찮아요."

"무슨 안 좋은 일이라도 있으셨어요?"

그는 대답 대신 주인을 불러 술과 안주를 시켰다.

그렇게 우린 생맥주로 시작해 소주로 바꾸면서 생각보다 많은 얘기를 하기 시작했다. 자신은 처음 나를 본 순간부터 내가 좋았고 나에게 빛이 보였다고 말했다. 그런 마음이 든 사람은 처음이라 처음엔 그냥 그럴수도 있지라는 마음이였는데 시간이 갈수록 냉정하고 차가운 내게 점점 더 끌리게 되었다고 했다. 그런 얘기를 듣는데 그리 기분이 나쁘지는 않았지만 나는 내가 연애를 하면 안 되는 이유는 말하지 못했다. 단지 지금은 그 누구를 만나 연애라는 것을 하고 싶지 않다고만 대답했다. 그렇게 얘기하는데도 그는,

"그럼 우리 가끔 이렇게 힘들 때 술친구 정도는 어떨까요?"

"네, 가끔 술 한잔할 수 있는 정도는 괜찮을 것 같네요."

그제야 그는 처음의 얼굴보다 훨씬 밝아진 얼굴로 나를 보며 좋아했다. 이상한 건 그가 지금까지 내가 알고 있던 한주임이 아닌 것 같은 생각이 들었다. 진지해

보였고 가벼워 보이지도 않았고 못생겨 보이지도 오히려 든든한 느낌이 드는 건 무슨 기분인지, 술 몇 잔에 나역시도 그에 대한 경계심이 조금은 풀린듯했다.

그렇게 조금 더 술을 마시고 그는 집 앞까지 바래다주었고 오늘 너무 좋은 술 친구가 생긴 것 같아 기분이정말 좋다고 말하며 조용히 돌아서 천천히 걸어갔다.걸어가는 뒷모습이 왠지 쓸쓸해 보이기까지 했다.

그런 그를 나는 한참이나 바라보다 집으로 들어왔다. 텅 빈집에 막상 들어서니 외로움 같은 서글픔이 밀려들었다. 매일 나를 위해 저녁상을 봐 두고는 구부러진 등에 수지를 업고 정류장이나 대문 앞에서 나를 기다려주던 할미도 수지도 아무도 없다는 것이 술기운을빌어 울게 만들었다. 아빠는 내년 말쯤이면 돌아오시겠지만 할미는 이제 돌아오지 못할 것이다. 지금 이 순간이 모든 사단의 원인인 나만 편하게 사는 것 같아 내가나를 용서할 수가 없었다.

*

수지에게는 가지 않았지만 할미가 있는 요양원에 오랜만에 들렀다. 할미는 나를 보자마자 눈물바람이었다.수지가 없어졌는데 어디 갔다 이제야 오는 거냐고 화를 불같이 냈다. 할미는 기저귀를 차고 있었고 집에 있을 때보다 더 작아지고 깡말라있었다. 그래도 검은 머리가 제법 있었는데 어느새 백발의 노인이 되어있었고 그런 할미를 이곳에 버린 것만 같아 나 역시도 눈물이 났다.

나는 가져간 두유 한 박스를 같이 계신 분들께 하나씩 나누어 드렸는데 할미는 어느새 가서 내가 돌린 두유를 다시 빼앗아 오셨다.

"왜 그래 할미, 다 같이 나눠드시면 좋잖아."

"내가 또 사 올게."

"안돼, 우리 수지 줄 거야! 네가 뭔데 우리 얼라 줄 걸 막 퍼주고 지랄이야!"

암흑 같은 기억 속에도 나도 아니고 아빠도 아닌 수지만이 할미의 기억을 붙잡고 있었다.

'미안해 할미, 정말 미안해….'

할미는 나를 제대로 쳐다보지도 않았다. 곁에 있어도 나는 처음 보는 사람이었고 베게 밑에 숨겨 둔 두유는 결국 다 터져서 간병하시는 분이 들어와 큰 소리를 쳤다.

"이럼 안돼요, 벌써 몇 번째에요."

"아이 참…."

그럴수록 할미는 먹을 것에 대한 집착이 심해졌고 그 모든 집착의 끝은 수지였다. 나는 할미를 대신해 사과를 드리고 잘 부탁드린다고 하며 돌아서 나오려는데 그제서야 할미는,

"민지야, 나도 데려가!"

순간 '쿵' 하고 심장이 내려앉는 것 같았고 할미의 정신이 돌아온 줄 알았다. 하지만 이내 내가 다시 들어갔을 때 베게 밑에 또 뭔가를 숨기고 계셨다.

"할미, 나야 민지."

"나 알아보겠어?"

역시나 할미는 아무 반응이 없었다. 그렇게 할미를 두고 돌아오는데 문득 한주임이 생각이 났다. 나는 용기를 내서 전화를 걸고 만나자고 했다. 술 친구가 필요하다고….

그는 숨을 헐떡이며 정말 급하게 빨리도 나왔다.

"무슨 안 좋은 일이라도 있어요? 민지 씨…."

"아니요, 그냥 요양원에 계신 할머니를 오랜만에 뵙고 오니 좀 마음이 그래서요."

"죄송해요, 갑자기 불러서."

"아니에요, 우리 술 친구하기로 했잖아요."

"죄송하긴요."

그는 나도 모르는 사이 조금씩 내게 스며들고 있었다. 하지만 그가 좋은 사람이란 걸 인정할수록 나의 과거가 그를 막았고, 수지가 생각이 났다. 이 사람에게까지 상처를 줄 수는 없다고 내 마음보다 내 과거가 먼저 나를 막고 있었다. 내가 그 일들을 숨긴다고 해서 잊혀질 일들이 아니듯이 그 순간에 나는 평생토록 이렇게 죄의식에 살아야만 될 것 같았다.

설사 숨기고 사랑을 시작한다고 해도 내 스스로가 비참할 것 같았고 언제고 알아버릴까 조마조마하면서 살아가는 것 역시 자신 없었다. 그 또한 속이는 것 같아 더 이상 그에게 내 마음이 가지 않게 붙잡고 있었다. 하지만 그것 또한 내 마음대로 되지 않았다. 7살 차이였지만 그는 내게 자신에 대해 모든 것을 서슴지 않고 말해주었다.

어머니가 암으로 일찍 돌아가시고 아버지와 여동생이 같이 살고 있다고 말하며 아직 동생은 시집을 가지 않았다고 했다. 잘 사는 것은 아니지만 그동안의 직장 생활로 조그만 임대 아파트 정도는 마련할 수 있다고 했다. 나는 그의 거짓 없는 진실함이 느껴졌고 착한 사람 같은 생각이 들어 더욱더 그를 받아들이고 싶지 않았다. 그와 거의 5개월 정도를 친구 아닌 친구로 지낼 무렵 할미가 계신 요양원에서 전화가 왔다. 아무래도 보호자가 오셔야 될 것 같다고 하는 순간 무서웠다. 할미는 입원한 이후로 한 번도 식사를 제대로 하지 못하셨다. 수지도 아닌 베개를 안아주고 업어주고 할미에겐 수지밖에 없었다. 도대체 무엇 때문에 이토록 수지에게 집착하는지 알 수가 없었다.

이렇게까지 아무것도 드시지 않으면 건강에 무리가 오는 것은 당연하고 아마도 얼마 사시지도 못 할 것이라고 도움을 청한 것이다. 할 수 없이 나는 수지를 할미에게 데려가 한 번 보여드리기로 마음먹고 그다음 주에 수지를 데리고 할미에게 찾아갔다. 하지만 할미는 수지를 앞에 두고도 알아보지 못했다.

수지는 할미, 할미 하며 안기려 했지만 할미는 정작 베개만 안고 베개를 뺏길까 떨고 있을 뿐 수지와는 눈도 마주치지 못했다. 그런 할미를 보며 수지는 울음이 터졌다. 그런 둘을 보는 마음이 얼마나 아픈지 한편으로는 너무 겁이 났다. 아직 아무것도 할미에게 해준 것이 없는데 너무 빠르다는 생각이 들었다. 하는 수없이 수지를 달래 다시 병원을 나와 하룻밤도 함께 하지 않고 나는 수지를 바로 돌보미 어린이집으로 들여보냈다.

수지는 곧장 들어가지 않고 눈물이 가득 찬 눈으로 나를 말없이 바라만 보고 서 있었다. 나는 얼른 들어가라는 신호로 손을 들어 보였지만 어린 것이 벌써 눈치를 챘는지 마치 내가 자기를 버리고 가기라도 하는 듯이 소리도 내지 못하고 눈물만 흘리며 억지로 들어갔다. 미안하고 한없이 안쓰러워 나는 다시 들어가 수지에게 말했다.

"언니가 또 올게."

"지금은 할미가 아파서 잠깐만 여기 있는 거야."

"알지?"

수지는 간신히 고개만 끄덕였다. 어린아이였지만 수지는 마치 너무 일찍 철이 든 아이처럼 나를 안아주었다. 나 역시 그런 수지를 가만히 안아주고 돌아서 왔다. 집으로 와서도 수지의 마지막 얼굴이 지워지지 않았다.

차라리 모든 걸 밝히고 내가 엄마라고 말하고 수지를 지켜야 하는지 아니면 이대로 정말 끝까지 말하지 않고 언니로 남아 한 발자국 뒤에서 그 애를 바라만 봐야 하는지 갈피를 잡을 수 없었다.

이런저런 생각으로 꼬박 날을 새우고 출근했다. 기운도 없고 밥맛도 아무것도 하고 싶지도 하기도 싫었다. 할미에게 다녀오고 한 달이 조금 넘었을 때였다. 다시 요양원에서 전화가 왔다. 주말에 내가 다시 요양원에 갔을 땐 할미는 정신이 맑아 있었다.

"민지야"

할미가 정신이 있을 때 말하고 싶어서 내가 불러 달라고 했다.

"네, 말씀하세요."

"수지는 네 동생인 거야."

"이건 어떤 일이 있어도 절대로 입 밖으로 말하면 안돼."

"그래야 너도 살고 수지도 살 수 있는 거야."

"알지?"

"네, 죄송해요."

"네가 죄송할 건 없어."

"모든 건 할미가 다 지고 갈 거니까 넌 애비 나올 때까지만 조금만 더 견디거라."

"그때는 조금 덜 힘들지 않겠니?"

"할미가 도움이 못 돼서 미안하고 어린 너에게 짐만

주고 가는 것 같애."

"그래도 우리 민지가 있어서 이 할미는 얼마나 좋았는지 모른다."

"앞으로 살다가도 힘이 들면 언제든 할미를 생각해."

"할미는 항상 너희들 곁에서 지켜보고 있을 거니까. 그리고 만약에 내가 저세상에 가면 없는 살림에 돈 들이지 말고 우리 집 마당이 보이는 뒷산에 그냥 뿌려다오."

"할미 왜 그런 말을 해, 빨리 낳아서 우리 다시 함께 살아야지."

나는 울면서 할미에게 매달렸다.

그게 할미와 나의 마지막 대화일 줄은 상상도 하지 못했다.

*

할미는 내가 요양원에 갔다 온 사흘 뒤에 마지막일 것 같다는 연락에 나는 혼자서는 이 상황을 도저히 감당할 수 없을 것 같아 한주임에게 전화를 걸어 할머니 얘길 했다. 그는 일초의 망설임 없이 나와 함께 할미에게 가 주었다. 할미는 누워 가쁜 숨을 내쉬고 있었다. 뒷

때문인지 눈에서는 눈물이 쉴 새 없이 눈물을 흘리며 누워 계셨다.

"할미, 할미 나왔어."

"민지 왔어."

"눈 좀 떠봐요."

할미는 마치 마지막 힘이라도 내듯이 간신히 눈을 뜨셨다. 나 역시 할미와 마찬가지로 울면서 할미를 안아 주었다.

"할미 지금은 안돼!"

"조금만 기운을 내요."

"조금 있으면 아빠도 돌아오실 때가 됐잖아."

"아빠 얼굴 보고 가야지, 안돼!"

할미는 아무 말 없이 깡마른 손으로 내 손을 힘 없이 잡고 말했다. 간신히 귀를 가까이 되어야 들리는 소리였지만 확실하게 말했다.

"수지를 버리면 안 된다."

"수지를 버리면 절대 안 된다."

"알았다고, 알았으니까 얼른 일어나서 다시 예전처럼 우리 함께 살아요."

나를 잡고 있던 깡마른 할미의 손에서 힘이 빠졌다. 그렇게 할미는 조용히 눈을 감으셨다. 가여운 할머니, 평생을 고생만 하다가 결국은 효도 한 번 제대로 받아보지도 못하고 못난 자식들이 할미에게만 무거운 짐을 주기만하고 그렇게 굽었던 할미의 허리는 돌아가신 후

에야 바로 펴고 누우실 수 있었다.

나 역시 그런 할미를 보며,

"내가 다 잘못했어, 할미…"

오열했다.

한용석 씨는 그런 나의 등을 감싸주었다. 그 역시도 처음 본 할머니인데 함께 울고 있었다. 나는 그의 손을 빌려 할미의 장례를 치렀고 아무도 없는 빈소에 나 혼자 검은 상복을 입고 넋이 나간 사람처럼 앉아 있었다. 내가 그렇게 아무 생각도 아무것도 하지 못하고 있는 동안 그는 내가 해야 할 일들을 하나에서 열까지 모두 다 해주고 있었다. 지난날의 할미와의 모든 기억들, 나로 인한 할미의 말하지 못한 속상함, 모든 것들이 이제는 할미를 놓아주어야 한다고 말하고 있었다.

할미의 부고를 아빠에게 알렸지만 아빠는 나오지 못했다. 아빠는 아빠대로 그 안에서 몇 날 며칠을 울었고 아무것도 드시지 않으셨다. 모든 일처리가 끝나고 나는 할미를 뒷산에 화장을 해서 뿌려드렸다. 할머니가 말한 대로 언제라도 나와 아빠와 수지가 잘 보일 수 있도록 해드렸다.

"할미, 잘 보이지? 저 아래 우리 집 마당…"

"할미 이제는 고생 그만하고 그곳에서는 편안하고 할아버지 만나 못다 한 얘기 많이 나누며 저희들 사는 거 지켜봐 주세요. 저도 정말 열심히 살게요. 수지도 끝까지 지킬 테니까 걱정 마시고요."

"할미, 잘 가…."

눈물은 하염없이 나왔고 아직도 못한 이야기가 많았고 좀 더 잘해드리지 못한 것에 대한 죄스러움에 참을 수 없는 후회만이 남아 눈물은 마르지 않고 계속 흘렀다.

나와 한용석 씨가 할 수 있는 건 여기까지였다. 난 언제부턴지 한주임이란 말을 하지 않고 그냥 용석 오빠라고 불렀고 그 역시 그게 듣기 좋다고 했다. 그렇게 며칠간의 장례를 마치고 집으로 와서 할미의 짐을 정리하고 있었다. 짐이라고 할 것도 없이 너무도 단출한 계절별 바지와 조금 두꺼운 스웨터가 다였다. 목도리도 하나 없는 그런 볼품없이 낡은 옷 가지들 사이로 작은 상자 하나가 눈에 띄었다. 상처 하나 없는 금가락지였다. 한 번도 끼워보지 않은 것 같은 조금의 상처도 없는 가락지였다. 예전에 할미가 시집올 때 받은 것을 엄마에게 내가 초등학생일 때 분명 드리는 걸 봤는데 엄마는 이것만은 들고나가지 않으셨던 것이었다.

'왜 이건 가져가지 않았을까?'

조금 이상한 생각이 들었지만 난 속으로 생각했다.

'치~ 그래도 양심은 있었나 보지?'

가락지를 뺀 나머지들은 낡은 슬리퍼와 함께 불에 태웠다. 그 연기가 마치 할미가 나에게서 완전히 떠나는 것처럼 느껴져 나는 밤새 아궁이 앞에 쪼그리고 앉아 자다 깨다 울다를 반복했다.

*

　용석 오빠는 내 걱정에 일주일 내내 내 곁을 지켜주었다. 그런 오빠를 보니 정말 나와 함께 해도 될 것 같은 사람처럼 보였다. 순간 그런 오빠를 보니 할미의 마지막 말이 생각났다. 수지를 버리면 안된다는 그말이 나를 또 한 번 혼란스럽게 하고 있었다.

　오빠에겐 뭐라고 설명해야 하는지, 또 아버지는 언제 어디서 오시는지 오빠와 가까워질 수록 나 역시 감추면 안될 것들이 하나씩 보이기 시작했다. 그렇다고 모든걸 사실대로 말할 수는 없었다. 하는 수 없이 수지는 업둥이라고 거짓말을 했고 아빠는 원양어선을 타고 돈을 벌러 가셨다고 되지도 않는 거짓말을 하고 말았다. 오빠는 그런 나를 조금도 의심하지 않았고 수지를 데려와야 하지 않겠냐고 물었다. 나는 할말이 없었다.

　"그냥 아빠가 오시면 그때 데려오고 싶어. 어차피 진짜 내 동생도 아닌데 괜히 호적까지 올리고 몇 달만 있으면 아빠가 오실 거니까 그때 생각해볼래."

　그러고 보니 수지 역시 너무하다 할 정도로 찾아가지 않고 있었다. 죄는 내가 지어 놓고 그 탓을 수지에게 넘기고 있었던 것이다. 나는 오빠 몰래 주말에 수지를 찾아갔다. 수지는 나를 몇 달 만에 보는데도 나를 알아본 듯이 언니, 언니 하며 좋아했다.

　그사이 수지는 5살이 되어있었다. 말도 제법 잘하고 할미까지 물어보는 것에 놀라지 않을 수 없었다. 어린 아이답지 않게 조르지도 징징거리지도 않았다.

"언니, 왜 이렇게 늦게 왔어 얼마나 보고 싶었는데, 내 얼굴이 기억이 나? 할미도 기억이 나고?"

"응."

순간 조금 미안했다. 어린 것이 언제 올지 모를 나를 기다리고 있었다는 것이, 또 할미까지 기억한다는 것이 애처로워 보였다.

"안 울고 잘 있었어?"

"응, 원장님이 울면 언니랑 할미가 안 온 데서 안 울었어."

나도 모르게 수지를 안아 주었다. 할미한테만큼 미안하고 죄스러웠다. 단지 얼굴만 보고 오려고 했는데 나는 그 길로 수지를 집으로 데려왔다. 내 손을 꼭 잡은 수지는 한없이 좋아했고 너무도 신이 나 있었다. 집에 온 수지는 할미 먼저 찾았다.

"언니, 할미는?"

"할미 없어, 이제."

"어디 갔는데? 언제 오는데?"

"쬐그만 게 무슨 말이 그렇게 많아, 들어가 어서 자!"

뭐라 둘러댈 말이 없었다. 수지는 내 말을 정말 잘 들었다. 다시 보육원으로 돌아가지 않으려고 다신 혼자 되지 않으려는 듯 눈치가 빨랐다. 어린 것이 얼마나 눈치를 보며 지냈는지 나의 한마디에도 토를 달지 않고 말을 잘 듣는 것이 괜히 마음에 걸렸다. 나이에 맞게 투

정도 부리고 짜증도 내야 하는데 그러지 못하는 수지를 보니 마치 목구멍에 커다란 파도 생선가시가 박힌 듯이 아팠다.

수지는 며칠 되지 않아 어린이집을 다니기 시작했지만 나는 아침부터 저녁까지 오히려 더 바빴다. 수지를 시간 맞춰 어린이집 버스에 태우고 불이 나게 출근을 하고 퇴근하고는 또 바로 수지를 데리러 가 정신없이 그렇게 몇 달이 지났는지 모르게 시간을 보내고 있었다.

오늘도 그렇게 정신없이 수지를 데리고 집으로 돌아오는 길이었다. 멀리서 보니 용석 오빠는 아닌 것 같았는데 누군가 대문 앞을 서성이고 있었다. 자세히 보니 아빠였다. 이게 얼마 만인가 싶었고 얼마나 고생을 하셨는지 온몸에 살이란 것은 없고 마치 뼈만 있는 듯 보였다. 가슴이 아프고 목이 멨다. 아빠 역시 나를 보자마자 그동안 참았던 눈물을 터뜨리셨다. 그리고는 수지를 보며,

"우리 수지 그 사이 많이 컸네, 아이고 이뻐라. 민지도 그동안 고생 많았지? 할머니도 잘 보내드리고 정말 아빠가 할 말이 없구나."

"아니에요. 그동안 정말 고생 많으셨어요."

"저 때문에….”

아빠는 한 번도 나를 탓하지 않으셨지만 나는 나를 탓하지 않고 조금도 나를 혼내지 않는 아빠의 마음을

알기에 더욱 괴로웠고 편하지 않았다.

　수지는,

　"아빠! 돈 많이 벌었어요? 우리 이제 아빠가 왔으니까 부자 되는 거에요?"

　그 말을 하는 아빠는 수지를 번쩍 안으며,

　"그럼, 많이 벌었지."

　"우리 민지, 수지 맛있는 거 많이 사주려고 아빠가 돈 많이 벌어왔지."

　그날은 그렇게 셋이 한 방에 누워 잠을 잤다. 아빠와 나는 쉽게 잠들지 못했지만 그래도 아빠가 우리 곁으로 오셨다는 것만으로 충분히 나는 힘이 났다. 아빠는,

　"우리 민지 애인은 생겼니?"

　"애인은 무슨… 그런 거 없어요."

　"민지야, 우리 지난 일은 전부 잊어버리자. 수지는 아빠 딸이니까 넌 이제 아무 걱정 말고 연애도 하고 남자친구도 사귀고 뭐든 하고 싶은 게 있으면 얼마든지 할 수 있어. 알지?"

　"네, 제 걱정 그만하시고 어서 주무세요. 내일은 뒷산에 할미 만나러 가요, 우리."

　"그래."

　아빠가 오셨다는 소식을 듣고 용석 오빠는 인사를 오겠다고 부산을 떨었다. 나는 아빠와 함께 할미를 만나러 뒷산에 올랐다. 아빠는 아무 말도 없이 내려다보이는 우리 집 마당 쪽으로 서서 소리 없이 울고 계셨다.

불효 자식이라고, 잘못했다고, 죄송하다고, 굳이 말하지 않아도 아빠의 얼굴에 씌여있었다. 나 역시도 아빠와 같은 마음이었기에….

그렇게 얼마간을 뒷산에 있다 내려오는 길에 나는 용석 오빠의 얘기를 했다. 할머니 돌아가셨을 때도 아무것도 모르는 내 옆에서 모든 것을 챙겨주고 처리해준 좋은 사람이라고…. 그 사람이 오늘 저녁 아빠를 뵙고 싶어 한다고 말했다. 아빠는 그렇게 고마운 사람이 있으면 진작 말을 하지 그랬냐며 저녁 상을 봐야겠다고

시내로 나가셨다. 나는 오빠에게 전화해서 7시쯤 오면 어떻겠냐고 했고 오빠는 알겠다고 말했다. 아빠는 서둘러 저녁을 준비하셨다. 수지는 그런 아빠를 보며, "우와, 맛있는 거 많이 있네. 신난다! 삼계탕에 조기까지… 무슨 사위라도 오는 줄 알겠네."

"사람 일은 모르는 거지, 우리 사위가 될지도….."

아빠의 지나가는 농담이 나 역시 싫지 않았다. 7시가 되자 오빠는 정확하게 대문을 두드렸다. 나는 얼른 뛰어가 대문을 열어 주었다. 오빠는 말끔한 정장 차림으로 케잌과 정종 한 병을 손에 들고 있었다. 그의 그런 모습에서 나는 더욱 오빠에서 남자로 보이게 만들었다. 아빠는 들어서는 오빠에게,

"어서 오세요, 얘기 많이 들었어요. 우리 민지 힘들 때 많이 도움을 주셨다고… 고맙습니다."

"아닙니다, 아버님. 당연히 할 일을 했을 뿐입니다.

말씀 낮추세요."

"저는 한용석입니다."

"그래요. 어서 들어와요. 들어가 얘기 나눕시다!"

"네."

우리 네 사람은 조금은 어색한 듯이 말없이 식사를 하고 있는데 갑자기 수지가 한마디 했다.

"우와! 케익까지… 오늘 정말 신난다!"

그 소리에 우린 모두 큰 소리로 웃었다. 이제 5살인 말투가 웃겼고 아무것도 모르고 마냥 신나하는 수지가 어색했던 분위기를 바꿔 놓은 것 같아 다들 기분 좋은 식사를 마치고 아빠와 오빠는 정종으로 술잔을 기울이기 시작했다. 아빠가 먼저 말씀을 꺼내셨다.

"쉽지 않은 일을 그렇게까지 신경 써준 걸 보면 그냥 아는 사이는 아닐 것이고, 둘이 어떤 사인지 물어봐도 되겠나?"

"네, 사실은 민지 씨를 제가 많이 좋아합니다. 처음 봤을 때부터 지금까지 짝사랑 중입니다."

"그래?"

나는 조용히 한 쪽에 앉아 두 분이 나누는 얘길 듣고만 있었다.

"올해 몇인가?"

"서른입니다."

"부모님과 형제는 어떻게 되나?"

"어머니는 일찍 돌아가시고 아버지와 아직 시집가

지 않은 여동생이 있습니다."

"그렇군, 사실 민지도 알다시피 할머니 돌아가시고 나와 저 어린 동생이 다일세."

"그럼 집에서도 우리 민지를 알고 계신가?"

"네, 제가 좋아하는 여자가 있다고 말씀은 드렸습니다. 아직 민지 씨의 의사를 물어보지 못해 인사는 드리지 않았습니다."

"내가 볼 때 나는 둘이 서로 좋아하는 것 같은데 결혼까지 생각하고 만나는 건가?"

"네! 저는 꼭 민지 씨와 결혼하고 싶습니다. 허락만 해주신다면 아무것도 필요 없습니다. 귀한 민지 씨만으로도 충분하다고 생각합니다."

"말이 나와 말이지만 사실상 아직 민지를 시집보낼 수 있는 형편은 아니네."

"애비로써 그래도 딸내미 시집가는데 혼수라도 적잖이 해줘야 하는데…."

아빠는 정말로 미안해하고 있었다. 마치 무능력한 자신에게 채찍질을 하듯이….

*

오빠는 그런 아빠의 마음을 알아버린 것처럼 말했다.

"정말 아무것도 필요 없습니다. 아버님! 허락만 해주신다면 내일이라도 당장 민지 씨와 결혼하고 싶습니다. 진심으로 민지 씨를 사랑합니다. 꼭 행복하게 해주겠습니다!!"

오빠는 너무도 씩씩하게 아빠에게 자기 의사표현을 하고 있었고 나는 아닌 척,

"무슨 벌써 결혼이에요. 아니에요. 아빠!"

그랬다. 이제 내 나이 스물셋, 아빠는 며칠 전에 출소해 아직 직장도 없는 상태였고 수지 역시 어렸기에 나는 조금 더 벌어 보탬이 되고 싶은 솔직한 심정이었다. 그날은 그렇게 일단 아버지가 생각 좀 해 보자고 하고서는 술자리가 마무리되었다. 아빠는 무슨 생각이 많은지 용석 오빠가 간 다음부터 계속 한숨만 쉬셨다.

"아빠, 저 정말 아직 결혼 생각 없어요. 걱정 그만하시고 들어가 쉬세요."

"좋은 사람은 만나기 힘든 법인데, 애비가 못나 딸내미 하나 시집보내기도 힘들구나. 정말 할 말이 없다. 민지야. 미안하다는 말밖에는…."

나는 아무 말도 하지 않고 아빠의 거칠하고 굳은 살박힌 손을 잡아드렸다. 다음날부터 용석 오빠는 나의 눈치를 보며 무슨 말이라도 기대하는 듯이 서성이며 사

무실에서 나가지 않고 있었다. 그런 오빠가 귀여워 보일 뿐 아직은 이르다는 생각이 들어 애써 그를 외면하고 있었다. 얼마 후 오빠는 회사로 들어갔고 나 역시 퇴근을 하려는데 오빠가 먼저 와서 기다리고 있었다.

"어제 아버님과 얘기한 결론이 듣고 싶어 죽는 줄 알았어요. 어떻게 하기로 한 거예요?"

"뭘 어떡해요? 아직은 내가 결혼 생각이 없다고 말씀드렸어요."

"정말이에요? 그럼 나 혼자 김칫국만 마신 거네요. 난 밤새 한 숨도 못 잤는데…."

정말 실망한듯한 그의 얼굴은 금세 어두워져 있었다. 나는 그에게 술 한잔하자고 하고서는 가끔 들렀던 호프집으로 향했다. 주문한 소주와 저림무가 나오자 나는 안주가 나올 시간도 주지 않고 한잔을 따라 마셨다. 그리고는 오빠를 응시하며 말하기 시작했다.

"솔직히 오빠가 저를 좋아해 주는 만큼 나 역시도 오빠를 좋아해요. 좋은 사람인 것도 알고요. 하지만 아직은 제가 몇 년은 좀 더 벌어 아빠의 짐을 덜어드리고 싶어요. 이게 저의 솔직한 심정이에요. 저를 기다려달라는 말을 하지 않을게요. 오빠는 나이가 있으니까 언제든지 좋은 분이 생기면 결혼해도 돼요. 미안해요."

"그런 게 어디 있어요? 내가 민지 씨 없으면 안 된다는 걸 알면서, 어떻게 그런 말을…."

"차라리 나보고 조금만 기다려 줄 수 없냐고는 할 수

없는 건가요?"

그랬다. 나 역시도 오빠 말처럼 나를 기다려달라고 하고 싶었지만 나만 생각할 수는 없는 일이기에 신중하게 말한 것인데 오빠는 나의 그 말이 섭섭했나 보다. 나도 모르게 눈물이 흘렀다. 오빠는 내 옆으로 와서 눈물을 닦아주며,

"민지 씨가 한 말이 진심이 아니라는 걸 알아요. 우리 어떡해야 할지 고민 좀 해 보고 그 후에 결정해요. 네?"

왠지 나를 놓지 않고 잡아주는 것 같아 고마웠고 좋았다. 정말 이런 사람이라면 나 역시도 이 사람 곁에서 평생을 함께 하고 싶다는 생각이 들었다. 그렇게 마무리하고 오빠와 헤어져 집으로 돌아와 누워있는데 수지가 곁으로 다가왔다.

"아이~ 술 냄새! 언니! 술 먹었구나? 그치?"

"요게~ 그래, 마셨다! 왜?"

나는 밉지 않게 수지의 볼을 꼬집어 주었다. 그 순간 아빠가 안방에서 나를 부르셨다.

"네"

하고 방에 들어선 순간 아빠는 모든 서랍장을 다 열어 놓고 뭔가를 찾고 계셨다.

"뭘 찾으세요? 아빠?"

"응. 잠깐만, 어! 여기 있었구면…"

나는 가만히 앉아서 아빠가 무슨 일로 불렀는지 온

방안은 또 왜 이렇게 됐는지 궁금할 뿐이었다. 아빠는 누런 봉투 안에서 몇 장의 서류를 꺼내며 말씀하기 시작했다.

"민지야, 마음 맞춰 함께 사랑할 수 있는 사람은 쉽게 만나기 힘들단다. 비록 수지는 네가 낳았지만 수지는 누가 뭐래도 아빠 딸이다. 나는 한서방을 놓치지 않고 싶구나. 그래서 하는 말인데 이 집을 팔아서라도 애비는 널 용석에게 보내고 싶구나."

"더 이상 수지와 나는 걱정하지 않아도 돼요. 당연히 네가 걱정할 일도 아니고 나 역시도 너에게 짐이 되고 싶지 않다. 아빠 마음 알겠니?"

"아빠, 저는 아직 결혼까지 생각해 본 적은 없어요. 그리고 아빠가 오신지 얼마나 됐다고 수지와 아빠만 두고 결혼을 해요. 또 이 집을 팔면 그땐 어쩌시려고요? 수지와 아빠는 어디서 어떻게 지내시려고요? 정말로 말도 안 되는 소리에요. 다신 그런 말씀 하지 마세요."

나는 금방이라도 눈을 한 번 감았다 뜨면 눈물이 날 것 같아 얼른 밖으로 나왔다. 밖으로 나와 눈물을 닦아내기도 전에 수지가 문 앞에 서 있었다. 얼마나 놀랐는지 순간 나도 모르게 소리를 지를뻔했다. 수지는 가만히 나를 쳐다보며 아무 말 없이 방 안으로 들어갔다.

'못 들었을 거야, 아닐 거야. 설마…'

나는 순간 덜컥 겁이 났다. 만일 수지가 내가 낳았다는 것을 알게 된다면 나는 어떻게 해야 할지 눈앞이 캄

캄했다. 방 안으로 들어가지도 못하고 마당을 서성거렸다. 들었다면 뭐라고 말을 해야 할지, 정말 머릿속이 깜깜해서 아무런 변명 거리도 생각해 내지 못하고 있었다. 이제 겨우 다섯 살인데 설마 알아 들었을까? 하는 마음으로 조심히 방 문을 열고 들어갔다.

수지는 엎드려 동화책을 보고 있었다. 슬쩍 옆으로 가서 나 역시도 같은 자세로 수지 옆에 엎드렸다.

"수지, 무슨 책을 읽니? 또 인어공주인가요?"

억지로 아무 일 없었던 것처럼 평소보다 더 살갑게 수지에게 말을 걸었다.

"수지는 인어공주가 세상에서 제일 예쁜 것 같은데 다리가 없어서 너무 슬퍼."

다행히도 듣지 못한 것 같았다. 나는 정말 수지가 못 들었다고만 생각했고 그날 이후로 한 번도 수지의 마음을 살피지도 않았다. 아빠는 그날 이후 기어이 집을 내놓았다. 그리고 집이 팔리면 그때 다시 한 서방을 불러 이야기하자고 했고 용석 오빠는 아무것도 모르고 입을 귀에 걸고 다녔다. 나는 꼭 집까지 팔아가면서 내가 시집을 가야 하는 이유를 모르겠다고 아빠에게 며칠 동안 삐쳐 있었다.

그사이 오빠는 나를 자기 집으로 초대를 해서 아버지와 여동생을 만나게 해주었다. 어떻게 돌아가는 상황인지 정신이 없을 정도였다. 오빠의 아버지는 생각보다 말씀이 없으셨고 무뚝뚝한 것 같았다. 나를 싫어하는지 마음에 들어 하는지조차 가늠할 수 없었다.

　대충 얘긴 들었다면서 차린 건 없지만 편하게 밥 한 끼 먹자고 부르셨다고만 할 뿐 그 밖의 나에 대해선 아무것도 묻지 않으셨다. 오빠의 여동생 역시 나보다 나이가 네 살이나 많은 아가씨였다. 그나마 오빠의 여동생은 활발한지 내가 어느 학교를 졸업했는지 어디 사는지 아버지가 물어야 할 질문들을 대신하고 있었다. 질문에 대답하느라 진땀을 빼고 있는데 수지 얘기가 나왔다. 어떻게 어디서 데려왔는지 어쩌다 그렇게 됐는지 나는 갑자기 말문이 막히고 할 말도 없었다. 다행인 것은 때마침 오빠가,

　"그만하시지, 아가씨. 벌써 시누이 노릇 하는 거야?"

　"시누이 노릇은 무슨? 아직 어떻게 될지도 모르는 사인데, 맞죠?"

　"아, 네."

　뭐라도 꼬집어 얘기하기가 그랬다. 그리고 이런 성격의 식구들과 함께 내가 살 수 있을지도 겁이 났다. 오빠는 전에 둘이 살 수 있는 임대 아파트 정도는 준비할 수 있다고 들었지만 막상 오빠의 집에 와 보니 그것 역시 조금은 믿음이 가지 않았다. 난 좀 더 신중하게 생각해 봐야 할 것 같아 오빠에게 눈치를 주고 집을 나왔다. 우린 집까지 함께 오는 동안 나는 아무 말도 하지 않았다. 오빠 역시 내 눈치를 보는지 쉽게 말을 걸지도 않았다.

"아버지가 민지를 마음에 들어 하시는 거 같지?"

"아니, 별로인 거 같으시던데… 왜 그렇게 생각해?"

"실은 아버지는 정말 우리 식구들과도 한 마디도 하지 않으시거든, 그래도 며느리 될 사람이라니까 말을 하시길래…."

"그 정도도 말을 하지 않고 사신단 말이야?"

괜스레 걱정이 되었다. 원래 말씀이 없는 분들이 속은 따뜻하다고 들었지만 내 마음은 살얼음판을 걷고 있는 기분에서 벗어날 수 없었다. 아빠는 곧 집이 팔릴 것 같다고 하셨다. 나는 정말로 집까지 팔아가며 결혼을 하고 싶지 않았다. 아무리 말려도 아빠는 내 말을 듣지 않으셨다. 하는 수 없이 나는 용석 오빠에게 사실을 말하고 도와 달라고 말이라도 해 보고 싶어 오빠를 불러내 차 한잔 마시며 얘기했다.

*

"나 하나 편하게 시집가자고 집까지 팔아가며 오빠와 결혼을 하고 싶지는 않아요. 내가 그렇게 가 버리면 아빠와 수지 때문에라도 나는 편하게 살 수 없을 거예요. 오빠가 아빠를 설득해 주면 안 될까요? 결혼을 조금 미루더라도 난 정말 그렇게까지 해서 오빠에게 가고 싶지 않아요."

"그런 생각을 하고 계신 줄은 정말 몰랐어. 내가 설득해 볼게. 너무 걱정하지 말고 있어."

오빠는 의미심장하게 말하며 나를 위로했다. 하지만 아빠의 마음을 돌리기엔 아무리 봐도 힘들 것 같았다. 다음 날 오빠는 아빠를 뵙기 위해 집으로 찾아왔다. 아빠는 오빠를 보며 너무 좋아하셨다.

"어이구 한 서방, 연락도 없이 무슨 일인가?"

"아버님께 드릴 말씀이 있어 들렀습니다."

아빠는 조금 긴장한 듯이 오빠를 맞았다. 수지 역시 오빠를 잘 따라서 오빠만 보면 신이 나 있었다. 나는 일부러 함께 집으로 가지 않았고 오빠와 자주 가는 호프집에서 간단히 맥주 한잔하면서 오빠의 연락을 기다렸다.

"어서 들어오게. 연락이라도 하고 왔으면 저녁상이라도 봐뒀을 텐데…."

"아닙니다. 저녁은 먹고 왔습니다."

그래? 일단 앉아 얘기하세. 민지와 무슨 일이라도 있는 건가?

"그런 게 아니라…"

오빠는 잠시 머뭇거리다 용기 내어 말했다.

"민지와는 아무 일도 없습니다. 민지가 아버님께서 저희들의 결혼 때문에 신경을 많이 쓰시는 것 같다고 걱정을 하길래 말씀드리러 왔습니다."

"신경은 무슨, 민지가 쓸데없는 말을 했나 보군. 걱

정 말게. 올해 안으로 식 올리고 둘이 아무 탈 없이 잘만 살면 되는 일 가지고…."

"아닙니다. 아버님. 진심으로 저희 둘이 얼마든지 해결할 수 있습니다. 그러니 집을 판다거나 그런 일은 하지 않으셔도 됩니다. 만약 그렇게 해서 민지와 결혼을 한다 해도 저와 민지는 편하게 살 수 없다는 거 아시잖아요. 정말 아무 걱정 하지 마시고 귀한 민지를 저에게 주신다는 것만으로 저는 충분하고 분에 넘칩니다."

아빠는 잠시 동안 아무 말씀이 없으셨다.

"아무리 그래도 혼수도 못 해가는 처지로 애를 보낸다는 게 내가 마음이 편치 않네."

"정 그러시다면 민지 말대로 결혼을 조금 미루는 쪽으로 생각해 보겠습니다. 민지가 아버님과 수지를 얼마나 걱정하는지 민지의 웃는 얼굴을 본 지가 언제인지 기억도 나질 않아요. 아버님, 저와 민지를 위해서 집을 파시는 일은 없었으면 좋겠습니다. 저를 믿고 민지만 제게 주세요. 정말 행복하게 잘 살겠습니다."

그제야 아빠는 알았다고 하시며 오빠의 손을 잡고 정말 고맙고 미안하다고 말씀하셨다고 한다. 그날 이후 일사천리로 본격적인 결혼 준비가 시작되었고 상견례를 하게 된 날이었다. 아빠는 수지가 어린이집에 간 틈을 타 점심에 오빠의 아버님을 뵙기로 했다. 아버님과 언니는 내가 아빠와 중국집에 도착하고 나서도 한참을 더 기다릴 때쯤 오빠와 함께 오셨다.

여전히 아버님은 별말씀이 없었고 아빠는 무슨 죄인처럼 부족한 딸이라며 예쁘게 봐 달라고 연신 고개를 숙이셨다. 하지만 아버님은 그에 대한 답변이 더 가관이었다.

농담인지 진심인지 분간을 할 수 없는 말투로,

"그럼 부족한 딸을 우리 아들에게 떠 맡기시는 건가요?"

이게 무슨 말인가! 나는 속으로 아빠의 눈치를 보았다. 순간 엄마 없이 단둘이 앉아 있는 나와 아빠가 한없이 초라해 보였다. 되려 눈치를 보는 건 오빠가 중간에서 식은땀을 흘릴 정도로 좌불안석이었다. 때리는 시어미보다 말리는 시누이가 더 밉다고 그 와중에 오빠의 여동생이 거들고 나섰다.

"집에 들어와 산다고 아무것도 해오지 않는 건 아니죠?"

"그럼요. 필요한 것이 있으면 뭐든 말씀해 주세요. 이제 사돈아가씨라고 불러도 되겠지요?"

"네, 뭐⋯."

난 너무 얄미워 한 대 쥐어박고 싶었다. 사돈아가씨가 참 예쁘네요. 아가씨도 곧 시집갈 때가 된 것 같은데 우리 민지 좀 예쁘게 동생처럼 생각해 주세요."

"예쁘게 해야 예쁨을 받겠지요. 안 그래요? 아빠?"

아버님은 처음 한 마디가 식사 중에 한 말이 다였다. 나는 그런 두 사람을 보고 있자니 이런 집에서 내가 잘 살 수 있을까 싶었다. 식사를 마치고 헤어진 후 나는 아빠와 잠시 걷기로 했다.

"아빠, 마음이 편하지 않으시죠?"

"다른 건 모르겠다만 시누이가 좀 걸리는구나. 웬만할 것 같지가 않아."

"그래도 우리 민지는 시아버지와 시누이에게 잘해야 한다."

순간 아빠의 눈에 눈물이 보였다. 내가 보기라도 할까 봐 아빠는 등까지 돌려가면서 손수건으로 눈물 대신 코를 푸는, 힘 없이 축 늘어뜨린 아빠의 어깨가 더 내 마음을 아프게 했다.

"수지 걱정은 하지 말고 너만 잘 살면 되는 거야. 알지?"

목이 메어와 간신히

"네."

한 마디만 하고 아빠와 나는 말없이 걸었다. 그렇게 우리들의 결혼 준비가 시작되기 시작할 무렵부터 난관은 우리를 기다리고 있었다. 그동안 직장 생활한 것으로 모아둔 것이라고는 고작해야 천만 원도 되지 않았고, 생각보다 이것저것 준비할 것이 좀 있었다. 그래도 다행인 것은 내가 모아둔 돈으로 대충 장만할 수 있는 가전제품들 이였기에 한숨 돌릴 수 있었다. 어차피 나중에 나가 살면 다시 사야 하는 거니 욕심내지 않는 선에서 장만했다. 오빠 역시도 그렇게 하기로 하고 내 입

장에서 생각해 주었다. 오빠는 먼저 임대 아파트 정도
는 구할 수 있다고 했지만 그 역시도 한참 모자라 있었
고, 그것에 대해서는 묻지 않아도 그동안 집안의 가장
노릇을 해왔던 걸로 말하지 않아도 알 수 있었다. 우리
는 일단 오빠 집에서 신접살림을 하기로 했다. 결혼식
은 아주 간소하게 몇몇 지인들과 부모님, 회사 분들 몇
분 만이 참석했고 당연히 우리 집에서는 올 사람도 부
를 사람들도 없었기에 식장은 너무도 허전할 정도였다.

예물 또한 둘이 금반지 하나씩 나눠끼는 것으로 마
무리했다. 신혼여행 역시도 나중으로 미뤘다. 둘이 열
심히 벌어 꼭 제주도로 가기로 약속하고 우린 신혼 첫
날밤만 시내의 작은 호텔에서 하루를 보내고 다음날 아
빠와 수지가 기다리는 우리 집으로 왔다.

*

아빠는 없는 살림에 저녁상을 공들여 준비해 주셨
다. 닭을 삶아 백숙부터 잡채에 불고기까지 한껏 실력
을 낸 것 같았고 고작 하루지만 얼마나 반가워하시는지
며칠 못 본 사람처럼 나를 안아주셨다. 수지 역시 달려
와 안겼다. 정말 하루 안 봤을 뿐인데 벌써 이렇게 눈물
이 난다면 앞으로 어떻게 해야 될지 걱정이었다. 절을
하면서도 나는 멈추지 않는 눈물 때문에 화장이 다 지

워져 있었다. 그런 나를 보며 수지는

"언니, 이제 우리랑 같이 안 살고 용석 아저씨랑 사는 거야?"

"아저씨가 아니고 형부지, 수지야."

"형부~ 해 봐."

아빠는 벌써부터 수지에게 형부 소리를 하게 만들고 있었다.

"형부? 아저씨가 왜 형부야? 아저씨잖아."

"이제 언니랑 결혼했으니까 아저씨라고 하면 안 되고 형부라고 불러야 해. 알았지?"

"네, 형부."

되려 쑥스러워 하는 것은 오빠였지만 연신 기분이 좋은지 오빠와 아빠는 시간 가는 줄 모르고 술잔을 기울이셨다. 나는 수지를 재우기 위해 방에 들어가 누웠어도 두 사람의 대화가 소리에 당연히 신경이 쓰였다.

아빠는

"한서방, 정말 우리 민지 잘 부탁하네. 엄마 없이 일찍부터 얼마나 외롭게 컸는지 모른다네. 많이 사랑해주고 절대로 싸우지 말고 웬만하면 한서방이 좀 져주고 다독이며 예쁘게 살아주게. 우리들은 걱정하지 말고 잘 살아만 주게."

"네, 아버님 걱정 마세요. 제가 정말 잘하겠습니다. 처제와 아버님 뵈러 자주자주 오겠습니다."

아빠는 울먹이셨다. 이번에는 코도 풀지 않고 그냥

눈물을 닦고 계신지 술에 약간 취한 듯 울먹이셨다. 누워서 아빠의 얘기를 듣고 있는 나 역시 밤새 울고 또 울었다. 다음날 나는 퉁퉁 부은 눈으로 아침상을 치우고 마지막 출발 전에 아빠에게 다시 한 번 절을 했다. 도통 눈물이 그치지 않아 고개를 들 수도 없었다. 그건 아빠도 마찬가지였다.

"자자, 어서 출발하게. 멀진 않아도 어른 기다리시게 하면 안 되지."

"그럼 아버님 저희들 가보겠습니다. 건강 조심하시고 자주 오겠습니다."

그렇게 돌아서는데 아빠가 나를 불렀다. 작은 상자 하나를 손에 쥐여주시고는,

"잘 살아라. 내 사랑하는 딸 민지야. 이건 잘 됐다가 정 급한 일 있을 때 쓰거라."

하시며 아빠는 얼른 대문 안으로 들어가 버리셨다. 택시를 타고 오빠의 집으로 오면서도 한참을 울었다. 나는 아빠가 주신 작은 상자가 뭔지 알듯싶었다. 할머니의 금가락지라는 것을….

나는 오빠 몰래 가방 안 제일 안쪽에 넣어 두고는 오빠 집에 들어갈 준비를 했다. 울지 않은 것처럼 옷과 화장을 조금 손을 보고 있을 때 어느새 택시는 오빠의 집 앞에 도착해 가고 있었다. 막상 도착해 들어가려니 나도 모르게 한숨이 나왔다. 수지 얼굴도 제대로 보지 못하고 온 것도 걸리고 저 집안의 사람들도 겁이 났다. 오

오빠 집에 들어서자마자 마치 기다리고 있었던 것처럼 문이 열렸지만 아무런 음식 냄새도 아무 준비도 되어 있지 않았다. 순간 당황하지 않을 수 없었다. 아버님께 절을 올리고 일어서는 순간 아가씨는,

"어서 옷 갈아입고 밥부터 해야지. 배고프다. 오면 먹으려고 기다렸어."

나는 나도 모르게 미간을 찌푸렸다. 아가씨는,

"뭐야? 기분 나쁜 거야? 인상을 쓰고 있네."

"아니에요. 한복이 너무 불편해서…."

"용희 너도 이제 새언니라고 불러라. 반말도 하지 말고, 알았어?"

역시 오빠밖에 없었다. 그 찰나에 그렇게 말해주는 오빠가 믿음직스러워 잠시나마 위안이 되었다. 하지만 그의 위안 역시 정말 잠시였다. 우리들의 방으로 들어와서도 놀라지 않을 수 없었다. 달랑 옷장 하나 이불한 채, 이게 지금 신혼 방인가 싶었다. 아무리 시어머니가 안 계셔도 그렇지 같은 여자가 봐도 이건 좀 심하다는 생각이 들었다.

시누이는 그날부터 내 눈에는 가시였다. 마치 어디 견뎌봐라는 식의 말투며 행동들…. 내가 뭘 잘못이라도 한 것인가? 가족이 된 걸 축하는 못 할망정 그날의 섭섭함은 내가 죽을 때까지 잊지 못할 것 같았다.

서둘러 밥을 하고 이것저것 있는 것으로 상을 보니 별 반찬이 없었다. 그래도 나름 한다고 하면서도 뒤통

수가 따갑고 눈치가 보이는 건 어쩔 수 없었다. 나도 모르는 사이에 시집온 첫날부터 울컥 치미는 뭔가를 느꼈다. 아버님과 아가씨는 상을 차려 앞에 놓았지만 뭔지모를 시험을 하듯이 좀 전까지만 해도 배가 고프다고 사람을 다그치더니 막상 밥상 앞에서 두 사람은 입맛이 없다고 돌아서 각자의 방으로 들어가 버렸다. 그런 두사람을 보고 있는 나는 순간적으로 이게 말로만 듣던 시집살인가 싶었다. 아직 첫날을 보내지도 않았는데 나는 서운함과 집에 대한 그리움이 생기기 시작했다. 오빠는 그런 아버님과 아가씨를 보고도 모른척하고 눈짓으로 우리끼리 먹자고 하고 있었다. 마음이 편하진 않았지만 어쩔 수 없는 상황이었다.

다음날 나는 일주일을 휴가 내어 결혼식을 올린 것이고 오빠는 2박 3일이라 출근을 서둘러야 했다. 오빠가 나간 뒤에 나는 어찌해야 할지를 몰랐다. 아버님이야 연세가 있으셔서 쉰다고 하지만 아가씨는 다니던 회사를 그만두고 벌써 1년이 넘게 쉬고 있다고 했다. 그렇게 세 사람은 아무도 먼저 말을 하는 사람도 없었고 말을 걸지도 않았다.

조용히 집안일을 시작하려는데 아가씨는 정말 손가락 하나 까닥하지 않고 종 부리듯이 나를 여기서 저기서 부르며 일을 시켰다. 심지어 일을 시켜 놓고 뒤에서 팔짱을 끼고 감시라도 하듯이 나의 행동들을 보고 있었다. 부담스러웠지만 먼저 다가가려고 애썼다.

"점심에 뭐 드시고 싶은거 있으세요?"

"왜요, 먹고 싶다면 해주려고요?"

"네, 어제 저녁도 그렇고 아침도 제대로 드시지 못하셨잖아요. 아버님도 마찬가지고…."

"글쎄요, 아버지께 한번 여쭤보고 말해줄게요. 그 블라우스 조심해서 빨아야해요!"

하면서 뒤돌아 가버렸다. 그제야 좀 숨이 쉬어지는 것 같았다. 나는 청소까지 다 하고도 아무 말이 없어 그냥 시장에 다녀 온다고 말하고는 집을 나왔다.

*

시장을 핑계 삼아 나오긴 했지만 뭘 사야 할지 얼마나 있다가 들어가야 할지 어떤 결론도 내리지 못하고 있었다. 잠시 정류장에 앉아서 오고 가는 사람들을 넋놓고 보고 있을 때였다. 어디서 많이 본 듯한 여자가 버스에서 내리는 것이었다. 나는 순간 어디서 봤는지 금방 알아차릴 수 있었다. 바로 예전에 나를 데리고 일을 같이하자고 했던 그 언니였다.

수지를 집으로 데려다준 그 언니, 은미 언니였다. 나는 그녀와 눈이라도 마주칠까 봐 얼른 고개를 돌려버렸다. 무슨 일로 여길, 왜 지금 와서… 다시금 그때의 일이 생각이 나서 너무 떨리고 무서웠다. 그녀는 나를 보지 못했는지 엉덩이를 연신 흔들며 걸어가고 있었다.

'맞다!'

나와 한 반이었던 지연이 언니의 친구라고 들었던 기억이 났다.

'설마 나 때문에 온 건 아닐 거야, 그럴 거야.'

떨리는 마음을 진정시킬 수 없었다. 장을 보는 내내 내가 뭘 사고 있는지 잘 샀는지 알 수도 없을 만큼 손이 떨리고 마음이 불안했다. 다신 보고 싶지도 만나고 싶지도 않은 사람이었다.

간신히 집으로 돌아와 점심 준비를 하려는데 아버님이 용희는 밖에 볼일 있다고 나갔으니 대충 라면으로 때우자고 하셨다.

"네, 근데 어디를…."

"모르겠다. 전화를 받고 나갔으니 나도 모르지."

"네."

나는 아버님께 라면 하나를 끓여 드리고 방에 들어왔다. 아까 본 은미 언니가 자꾸 생각이 나서 아무것도 할 수가 없었다. 밖에서 아버님이 몇 번을 불렀는지조차 듣지 못했다. 그렇게 아가씨가 돌아올 때까지 오빠가 올 때까지 나는 진정할 수 없었고 예전처럼 구석에서 떨고만 있었다.

저녁이 한참 지나서 오빠와 아가씨가 함께 들어왔다. 둘은 정류장에서 만났다고 하며 뭐가 재밌는지 웃으며 들어섰다. 하루 종일 전화 한 통 없었던 오빠가 무심해 보였고 일부러 나를 마치 약 올리기라도 하듯이 깐족거리는 아가씨 또한 보기 싫었다. 한 가족이 되었는데 벌써 이러면 안 되는데 하면서도 마음은 서운한 것들로 하나둘씩 쌓여가고 있었다.

우리 둘은 잠자리도 수월하지 못했다. 너무 낡은 오래된 아파트라 방음 자체는 바라지도 않았고 심지어 방 안에서 조금만 크게 얘기해도 다 들릴 정도였기에 잠자리조차 눈치를 보지 않을 수 없었다. 하지만 오빠는 하루도 그냥 자는 날이 없을 정도로 나를 괴롭혔고 나는 온갖 눈치 속에 관계를 가졌다.

그렇게 며칠이 지나서 나는 다시 출근을 시작했다. 출근을 하기 위해서는 더 일찍 일어나 모든 일들을 해 놓아야 했고 도와주는 사람은 단 한 사람도 없었다. 퇴근 후엔 정신없이 달려와 저녁을 준비하고 빨래에 청소까지, 녹초가 다 되어 들어와 조금 쉬려고 하면 오빠는 오빠대로 나를 기다리고 있었다.

모든 일을 다하고 나면 거의 새벽 1시가 넘어서 잠이 들어 5시 반에 일어나 준비를 하고 출근하는 일이 여간 힘든 게 아니었다. 이번 주말에는 집에 다녀오고 싶다고 오빠에게 말하고 있을 때였다.

"시집온 지 얼마나 됐다고 벌써 집에 못가서 안달이래."

"용희 너는 네 일이나 신경 써라. 언제까지 놀고만 있을 거야?"

오빠의 그 한마디가 며칠 동안 얹힌 듯한 속을 뻥하고 뚫어주는 것 같아 속이 시원할 정도였다. 나도 조만간 출근할 거니까 신경 끄시고 밤엔 잠이나 좀 일찍들자지.

시끄러워 잠을 잘 수가 있나. 나는 부끄러워 아무 말도 하지 못했다. 오빠는 아랑곳하지 않고,

"너도 시집갈 준비를 하던가 취직할 준비를 하든가 네 걱정이나 좀 해라."

"아가씨는 할 말이 없는지,

"흥!"

한 마디를 남기고 들어가 버렸다.

오빠는 돌아오는 주말에는 아빠와 수지를 보러 가기로 약속했다. 다음날 나는 아빠에게 전화를 걸어

"아빠, 민지예요. 어떻게 지내세요?"

"그래, 민지구나. 아빤 잘 지내. 수지도 어린이집에 잘 다니고 있다."

"그래, 넌 어떻게 잘 지내니? 아픈 데는 없고? 다들 예뻐해 주시고? 한서방도 잘 지내지?"

"그럼요, 다들 예뻐해 주세요. 그리고 이번 주말에 집에 가기로 오빠와 약속했어요. 아무것도 준비하지 마세요. 제가 가서 맛있는 거 해 드릴게요. 꼭이에요."

"오냐, 그래. 기다리고 있으마. 바쁠 텐데 어서 일보거라. 주말에 보자."

아빠와 나는 서로 알고 있었다. 서로가 지금 많이 힘

들다는 걸… 하지만 말하지 않는다는 걸… 곁에서 지켜주지 못해 서로에게 미안해하고 있다는 걸….

"결혼을 하지 말걸 그랬어. 아님 정말 몇 년 더 있다가 할걸 그랬어."

이렇게 마음 편히 가족도 볼 수 없다면 이게 다 무슨 의미가 있단 말인가. 후회해 봤자 늦었지만 정말 너무 성급했다는 생각에는 변함이 없었다.

*

아버지, 저희들 내일 토요일이니 장인어른 댁에서 하루 자고 일요일 오후에 오겠습니다. 아버님은 눈이 똥그래지셨다. 그 옆에 아가씨가 더 날뛰며 나섰다.

"그럼 밥은? 청소는? 빨래는 누가 하고?"

"넌 이 사람 없을 땐 어떻게 했어? 네가 좀 하고 서로 도와줘야 이 사람도 빨리 적응하고 할거 아니야! 어떻게 항상 넌 너만 생각하니?"

"그만들 하고 굳이 자고 와야 하는 거냐?"

"오랜만이니까 하룻 밤 자고 오려고요."

나는 끝까지 안된다고 하실까 봐 조마조마했다. 다행히도 아버님은 별말씀 없이 알았다고만 하셨다. 하지만 항상 아가씨가 걸렸다.

"그럼 준비할 것 없이 다 해 놓고 가요. 그래야 아빠 밥상이라도 차려드리지."

"네, 그럴게요. 걱정 마세요. 아가씨."

나는 밤새 찌개와 밑 반찬들을 해 놓고 들어와 누웠다. 누워서 천장을 보니 다른 사람들도 이렇게 결혼생활을 할까 싶었다. 그러고 보니 결혼 후 나는 눈물이 많아진 것 같았다. 결혼 후 거의 한 달 만에 찾아온 집은 역시나 조용했고 쓸쓸해 보였다. 수지는 내가 온다는 전화가 온 날부터 나를 기다렸다고 했다. 나는 그런 수지를 위해 소꿉놀이 세트를 사다 주었다. 수지는 너무 좋아 나에게 매달려 한참을 뽀뽀를 하고 마당을 빙빙 돌았다. 오빠에게도,

"고맙습니다, 형부님."

누가 가르치지도 않았지만 어린 수지는 인사성도 눈치도 빨랐다. 마치 자신이 살아남는 법을 알고 있는 사람처럼 아이답지 않게 조심성도 많았다. 조금은 서툴고 울고 조르고 해도 괜찮은데 수지는 한 번도 그런 적이 없었다. 아버지를 위해서는 해물탕과 소주를 대접해 드렸다.

"우와! 우리 민지가 이제 제법 새댁 표시가 나는구나. 고맙다. 잘 먹을게."

"한서방도 어서 들게."

"자, 다 같이 밥 먹자. 내 새끼들."

이런 것이다. 가족이란 것은 가진 것이 없어도 한없

이 주고 싶고 주고 또 줘도 아깝지 않은, 서로가 서로를 아껴주는 밖에서 힘들었던 것들을 유일하게 집 안에서는 따뜻하게 내 편이 되어 주는 이런 것이 가족이었고 집이었다.

시간은 너무도 빨리 가버려 벌써 하루를 보내고 다시 오빠 집으로 가야 할 시간이 가까워 오고 있었다. 난 정말 발 길이 떨어지질 않았다. 아니 가고 싶지 않았고 가기 싫었다. 아버님이 아가씨가 싫은 것이 아니라 그냥 지금 내가 있는 이곳에 이대로 있고 싶었다. 그렇게 기운 없이 집으로 도착했을 때였다. 집 안에는 누군가 손님이 오신 듯이 여자의 웃는 소리가 들렸다. 오빠와 나는 문을 열고,

"다녀왔습니다."

하는데도 아무도 우리를 쳐다보지 않았다. 그렇게 하루라도 없으면 어떡하냐고 난리를 칠 땐 언제고 지금은 사람이 들어왔는데도 쳐다보지도 않고 있는 아버님과 아가씨가 이상했다. 그 순간 내게 등을 보이고 앉아 있는 여자가 눈에 띄었다. 그랬다. 그녀는 은미였다. 그럼 지연이의 언니의 친구가 아가씨고 서로 아는 사이였다는 말인가? 심장이 내려앉는 것 같았다.

'어떻게 이런 일이…'

정신이 아득했다. 섬뜩하고 마치 귀신이라도 앉아 있는 것처럼 심장이 요동치며 아무것도 할 수 없었다. 나는 그녀가 돌아보기 전에 방으로 들어와 버렸다. 하

지만 눈치 없는 아가씨는

"올케언니, 우리 마실 거랑 먹을 것 좀 줘요!"

'아…'

정말 일부러 그러는 건 아닐 테지만 한없이 미웠다.

"용석 오빠가 벌써 결혼을 한 거야? 그새?"

그녀들은 장난처럼 이죽거리고 있었다.

"언제는 은미 아니면 안 된다더니, 칫! 벌써 결혼을 했단 말이지?"

"까불고들 있다. 니 올케 들으면 진짜인 줄 알겠다."

"진짜지 그럼 누가 가짜로 말하나? ㅎㅎ"

나는 어쩔 수 없이 대충 머리를 풀고 마주치지 않으려고 노력했다. 피하고 싶었지만 피할 곳도 없었고 최대한 방 안에서 나오려 하지 않았다.

"우리 저녁까지 먹고 갈 거니까 신경 좀 써줘요."

머리카락 한 올 한 올이 쭈뼛거리며 다 선듯한 느낌이었다. 나는 할 수 없이 오빠에게,

"찬 거리가 없으니 나가서 대접하는 게 어떨까요?"

"그래? 그것도 나쁘지 않네. 오랜만에 왔으니…"

"알았어, 당신도 준비해."

"아니요, 저는 낮에 먹은 게 좀 안 좋은지 속이 안 좋아요. 다녀들 오세요."

"아, 그래? 아쉽지만 할 수 없지 뭐."

오빠는 세 사람과 함께 식사를 하러 나갔다. 그제야 나는 처음으로 숨을 쉴 수 있을 것 같았다. 내가 이렇게

피해야 하는 말 하지 못한 과거를 오빠가 알기라도 한다면….

난 어떻게 해야 할지 막막했고 수지 역시 변명의 여지가 없는 확실한 증거이기 때문에 어떠한 변명도 들리지 않을 것이다. 그저 은미라는 여자가 빨리 가기만을 기다리며 방 안에 누워 있었다. 얼마나 누워 있었는지 잠깐 잠이 들었나 보다. 밖은 이미 어두워져 있었고 아직 집 안은 조용했다. 이제 겨우 결혼생활 3개월도 되지 않았는데 모든 것이 무서워 당장이라도 집으로 달려가고 싶은 마음뿐이었다.

*

다행히도 그녀는 함께 오지 않았다. 식사 후 그냥 편하게 호텔에서 잔다고 들어간 것이다. 아가씨 역시 오랜만에 할 말이 많다면서 그녀와 함께 있기로 하고 아버님과 오빠만 집으로 돌아왔다. 괜히 오빠의 눈치를 살피고 설마 나를 알아본 건 아닌지 걱정이 돼 집안일이 손에 잡히지도 않았다. 다음 날 출근을 한 나는 온통 그녀 생각뿐이었다.

'오늘도 집에 있으면 어쩌지?'

'아, 정말 어떻게 해야 하지?'

그 무렵 나는 내 몸에 이상신호가 온 것을 알지 못했

다. 체한 듯 메슥거렸고, 몸도 무거운 듯 기운이 없었다. 나른하면서 자꾸 잠이 쏟아지고 가끔은 별 냄새도 아닌 것에 비위가 상할 때도 있었다. 나는 설마 아기가 생겼을 거라는 생각은 하지 않았다. 그런데 식당 아주머니가 날 보더니,

"고새 애 들어선 거 아니야? 얼굴이 영 안 좋네."

"에이, 그런 거 아니에요. 요즘 좀 피곤해서 그런 거예요."

말은 그렇게 했지만 그러고 보니 지난달에 생리를 하지 않았다. 가끔 주기가 맞지 않은 적이 있어 별 신경을 쓰지 않았는데 아기가 정말 생긴 거라면….

나는 조금 일찍 퇴근해서 병원에 가 보기로 했다. 진찰을 마친 의사는 임신 6주가 되었다고 말했다. 너무 놀라고 기쁘고 이상하고 내가 정말 엄마가 된다는 것이 신기했다. 하지만 난 그 순간 수지가 떠올랐다. 내가 수지를 가졌을 때는 이런 기분이 아니었다. 모든 걸 포기하게 만들고 내 인생을 망친 것 같은 정말 태어나서는 안될 아이를 가진듯한 불쾌함이 있었다. 그런데 지금은 내가 엄마가 된다는 걸 좋아하고 있는 내가 너무도 사람처럼 느껴지지 않았다. 정작 사랑받고 태어났어야 할 수지는 마치 정말 내다 버리듯이 할미에게 맡기고 지금 나는 내 뱃속에 이제 막 자리를 잡은 느껴지지도 않은 아이에게 애틋함이란 걸 느끼고 있다.

나는 일단은 오늘은 오빠에게 아무 말도 하지 않기

로 했다. 그는 이제껏 한 번도 아이 얘길 한 적이 없었던 것 같다.

'너무 빨리 생겨 반가워하지 않으면 어떡하지? 아직 신혼인데…'

별별 생각이 다 들었다. 일단 오늘은 슬쩍 한 번 아이 얘기를 꺼내 보는 걸로 하고 나는 집으로 향했다. 다행히도 그녀는 집에 없었다. 아가씨는 나를 보자마자,

"손님도 오고 했는데 인사도 하고 하면 좋잖아요. 내가 얼마나 무안했는지 알아요?"

"죄송해요. 정말 속이 너무 안 좋아서 괜히 방해만 될까 싶어 그랬어요. 그런데 친구분은 가셨어요?"

"그럼 가지, 반가워하긴커녕 밥 한 끼를 제대로 대접도 않는데 안 가고 있겠어요?"

죄인처럼 아가씨의 투정을 얼마간 듣고 나서야 방으로 들어올 수 있었다. 하지만 지금부터가 시작이었다. 갑자기 아무 냄새도 참지를 못하기 시작한 것이다. 곧 저녁도 준비해야 하는데 엄두가 나질 않았다. 그렇다고 아가씨가 나를 이해해줄리 만무했고, 아직 아무 말도 하지 않았으니 구토가 나올듯한 메스꺼움도 참아가며 간신히 저녁상을 준비했다. 준비가 끝난 다음이 돼서야 오빠가 퇴근해 돌아왔다.

오빠는 오늘따라 뭔가 피곤한지 표정이 좋지 않았다. 난 아무 말도 하지 못하고 식구들의 눈치만 볼 뿐 밥 한 톨을 입에 넣지 못하고만 있었다. 아무도 내가 밥을

먹었는지 안 먹었는지조차 관심도 없었다. 아기를 가져서 그런지 별일이 아닌 것에도 마음이 상하고 코 끝이 찡했다. 저녁상을 뒷정리하고 방으로 들어섰다.

"오빠 식사 안 해요? 저녁 먹고 들어온 거예요?"

오빠는 내 얼굴을 쳐다보지도 않았다. 왠지 모르지만 그는 무척이나 화가 난 듯이 보였다. 나는 많이 피곤한 것 같아 그냥 아무 말 없이 오빠 옆에 누워 아이 얘기를 하려고 할 때였다. 그는 내가 옆으로 가서 눕자 벌떡 일어나 조금 떨어져 누웠다.

"오늘 회사에서 무슨 일이라도 있었어요? 말도 없고 화난 사람처럼 왜 그래요? 오빠…"

몇 번을 물어도 그는 등을 돌리고 누워서 아무 말도 하지 않았다. 괜히 나 역시도 화가 나서 더 이상 말을 걸지 않고 그렇게 잠이 들었다. 새벽이 돼서야 아침 준비 때문에 눈을 떴을 땐 이미 오빠는 없었다.

'아무 말도 없이 아침 일찍부터 어딜 간 거지?'

난 여유 부릴 시간이 없어 서둘러 아침상을 준비하고 있었다. 그렇게 얼마나 지났을까 현관 문이 열리고 오빠가 들어왔다.

"아침부터 어디 다녀오세요?"

"도대체 무슨 일인 거예요?"

"내가 뭘 잘못했나요? 말을 해야 알 수 있잖아요. 그렇게 아무 말 없이 있으면 무엇 때문에 화가 난 건지 무슨 일로 이러는 건지 알고나 있어야 하잖아요.

그제야 오빠는 나를 쳐다보며,

"잠시 방으로 들어와 봐."

나 역시도 화가 나 한판 붙을 기세로 방으로 들어갔다. 오빠는 등을 돌려 창밖을 보며 서 있었다.

"나한테 뭐 할 말 없어?"

'아기를 가진 걸 벌써 알고 있었나?'

나는 웃으며 그의 등 뒤에서 안아주며 사실은….

그는 나의 두 팔을 거칠게 뿌리쳐냈다. 그리고는 나를 보며 무섭게 말했다.

"도대체 어떻게 나를 속일 수 있어? 내가 그렇게 우스웠나? 당신이 좋아서 매일 당신을 찾아가고 모진 말에도 끝까지 매달리는 내가 불쌍하기라도 한 거였어? 아니면 나 같은 놈은 뭐든 아무 생각 없이 알아도 모른 척 살아갈 줄 알았냐고!"

"무슨 말을 하는 건지 모르겠어요. 제가 뭘 속였다는 건지, 왜 이런 말을 하는지 정말 모르겠어요. 나는 단지 아기를 가졌다고 말하고 싶었어요. 우리 둘의 아기를…."

"뭐? 아기를 가져? 지금 장난하는 거야? 지금까지 나와 내 식구들을 속여 가며 이제껏 혼자 어땠어? 다들 등신 같고 만만한 것 같았어?"

"그리고 아기라고? 그래, 그 아이가 내 아이라는 솔직한 증거라도 있나?"

하늘이 내려앉고 땅속으로 내 몸이 꺼져 들어가는

것만 같았다. 그제야 나는 알 수 있을 것 같았다. 은미
가 왔다 간 다음부터니까 분명 그녀일 것이다. 나의 지
난 과거와 수지, 그리고 원양어선을 타고 일하고 오신
것이 아니라 살인이란 죄목으로 감옥 생활을 하고 오신
아버지….

　그는 그녀에게서 다 듣고 알아버린 것이다. 난 할 말
이 없어 눈물만 흘리고 서 있었다.

　"아버지와 용희는 아직 모르는 것 같으니 어서 대충
짐을 쌓도록 해!"

　"아니요, 전 못해요. 물론 잘했다는 건 아니지만 지
금 우리는 행복하잖아요. 그리고 저는 지금 오빠의 아
이를 가졌다고요. 어디서 그런 용기가 났는지는 모르지
만 지금 이 집을 나가면 영영 돌아올 수 없을 것 같았다.
아니 아빠에게 이렇게 쫓겨 난 나를 보여드리고 싶지
않았다. 나는 오빠 앞에 무릎을 꿇었다.

　"정말 어릴 때 철이 없어 잘 모르고 저지른 일들이
에요. 힘들어하시는 아빠의 짐을 덜어드리고 싶어 돈
을 벌고 싶어서 그래서 아무것도 모르고 시작한 일이
었어요. 잘못된 줄 알았을 땐 이미 때가 너무 늦어 제가
혼자 감당하기엔 너무도 무서운 사람들 이어서 빠져나
올 수도 없었어요. 그런 나를 위해 아빠는 장기까지 팔
아가며 나를 구하려 했지만 그들이 놔주지 않자 아빠가
해선 안 될 일을 이 못난 저 때문에… 다 저 때문에 생
긴 일이라고요. 잘못했어요. 하지만 오빠, 지금은 우리

행복하잖아요. 그리고 아이까지 가졌는데 어딜 가라는 거예요. 난 이제 오빠가 없으면 안 되는데, 한 번만 저를 용서하고 받아주면 안 될까요? 평생 죄인처럼 가족들에게 잘 하며 살게요. 제발, 제발요. 잘못했어요."

오빠는 선채로 끄떡도 하지 않았다. 괴로워하지도 않는 것처럼 얼음같이 차가웠고 나를 보는 눈에선 핏발이 시뻘겋게 서 있었고 그의 선하고 착한 따뜻했던 눈길은 전혀 볼 수가 없었다. 오빠는 그런 나를 뒤로하고 아침도 거르고 출근을 하는지 나가버렸다.

*

나는 방안에 덩그러니 앉아서 방바닥만 바라보며 소리도 내지 못하고 눈물만 흘리고 있었다. 결코 일어나서는 안 될 일이 결국은 너무도 빨리 찾아와 버린 것 같아 마음이 찢어질 것만 같았다. 나도 마찬가지지만 오빠의 고통을 생각하니 더없이 괴로웠다. 아무 죄도 없는 사람이 지게 된 갑작스러운 날벼락 같은 일들에 감당치 못할 그가 너무도 가엽고 미안했다.

그날부터였다. 그렇게 시작된 나의 결혼 생활은 마치 누군가 짜 놓은 대본처럼 아이를 가진 나에게 그는 매일 손찌검을 해댔고 우리 집 역시 한 번도 가지 않았고 아버지 또한 보려 하지 않았다. 그는 더 이상 내가 알던 한용석이라는 남자가 아니었다. 임신 초기라 조심하란 의사의 말이 무색하게 밤새 나를 괴롭혔고 조금이라도 힘들어하는 기색이라도 있으면 여지없이 발길질과 손찌검이 날아와서 온몸이 멍이었고 입술은 하루도 터지지 않은 날이 없었다.

나의 그런 모습을 보는 시아버지와 아가씨는 조금도 그를 말리지도 이유도 묻지 않았다. 마치 비웃기라도 하듯 아가씨는,

"아무리 그래도 오빠. 일해야 하는데 얼굴까지는 손대면 안 되지. 너무 티가 나잖아."

나의 편에서 얘기해 줄 기대는 하지 않았지만 이 정도로 매정한 사람들인지 몰랐다. 밤마다 맞는 것도 괴롭힘도 나는 참았다. 아이를 지키고 싶었다. 수지처럼 만들고 싶지 않고 내가 잘못한 일이기에 당연하다는 듯이 소리 죽여 울었고 이를 악물고 매를 맞았다. 그렇게 두어 달을 맞고 당하면서도 언젠가는 이해하고 나를 용서해줄 거라 믿고 뱃속에 아기를 지키기 위해 노력하고 있었다.

그러던 어느 날 배가 아파 일을 하던 중 병원을 가니 자연유산이 됐다고 의사는 나를 위로했다. 나는 아기도 지키지 못했고 수지도 지키지 못한 못난 엄마란 사실이 나를 더욱 비참하게 만들고 아무것도 노력하고 싶지 않게 만들었다. 나는 치료를 받고 집으로 오면서 큰 차가

지나갈 때마다 소리 내 울었다. 집안에서 소리도 내지 못하고 울었던 마음을 거리에서 가슴을 치면서 울었다. 이제는 슬슬 그가 있는 그 집이 무서웠다. 아니 그들이 있는 그 집이 무서웠다. 아빠와 수지가 보고 싶었다.

나는 전화로 아빠가 아프셔서 오늘은 집에서 자고 내일 들어간다고 거짓말을 하고는 집으로 방향을 바꿔 아빠가 계신 집으로 갔다. 하지만 어떻게 알았는지 집에는 당연히 아빠와 수지만 있을 줄 알았는데 오빠가 먼저 와 있었다. 소름이 돋은 것처럼 그를 볼 수가 없었다.

"어이구, 오늘은 어쩐 일로 둘이 이렇게 말도 없이 오랜만에 온 거야. 미리 말이라도 했더라면 찬 이라도 좀 준비해 둘 텐데."

"아닙니다. 아버님 지나는 길에 두 분 잘 계신지 잠시 들린 거예요. 저녁은 신경 쓰지 않으셔도 됩니다."

"그래, 잘 지냈지? 별일 없고? 민지 애기 소식은 없는 거야? 결혼한 지 벌써 반 년이 다 돼가는데 어찌 소식이 없어."

"네, 아직…."

그는 나를 쳐다보며 의심의 눈초리로 아빠가 계신 앞에서 쏘아 붙였다.

"당신 아기 가졌다고 하지 않았어? 난 오늘 그 얘길 해 드리려고 온 건데."

"그래? 민지야! 아이고 내 새끼 잘했다. 잘했어. 경사

구만, 그래서 한동안 힘이 들어오지 못한 것이구면."

"아뇨, 아빠 그게 사실은 제가 조금 힘이 들었나 봐요. 오늘 병원에 가니 유산이 됐다고 해서 하룻밤 좀 쉬고 가려고 온 것이었는데….

그 순간이었다.

"아니 왜 그런 일이 있으면 나한테 먼저 말하지 않았어? 용희랑 아버지 때문에 스트레스가 많았구나. 미안해. 민지야. 그런 줄도 모르고 우리 작은 데라도 빨리 분가하자.

아빠 역시 너무도 마음 아파하셨다. 나는 그런 말을 아무렇지 않게 하고 있는 그 사람이 더 무서웠다. 둘이 나가 살면 아마도 나를 죽일 것 같았다. 하지만 나는 그 자리에서 아무 말도 하지 못하고 결국은 하룻밤도 아빠와 지내지도 못하고 집으로 끌려오듯이 와 버렸다. 그는 집에 도착하자마자 나를 방 안으로 떠밀 듯이 밀어 넣었다.

"애가 잘못됐다고? 네가 지운 건 아니고? 어느 병원이야. 내가 가서 확인해야 되겠어. 너란 여자는 하도 속이는 게 많아서 아마 내 아이도 낳기 싫어 네가 지운 거야!"

그 순간에도 그는 나를 조금도 걱정해 주지 않았다. 정말 모든 순간들이 거짓말 같았고 그동안의 내가 사랑하는 용석 오빠는 더 이상 없었다. 매일 밤이 무서웠고, 그 집식구들이 싫었다. 처음부터 내가 마음에 들지 않았다고 했으면 이런 일은 없었을 것이다. 그냥 지금까지 수지와 아빠와 함께 부족하지만 웃으며 살 수 있었을 텐데….

시간을 되돌릴 수 있다면 나는 내가 중학교를 졸업할 무렵으로 가서 아빠에게도 수지에게도 할미에게도 아무런 일들이 일어나지 않았을 때로 가고 싶었다. 하지만 지금은 눈을 뜨면 이 지옥 같은 곳에서 소리 죽여 가며 밤새 맞고 아무렇지 않게 사람들을 대하는 것이 너무 괴로웠고 차라리 죽고 싶다는 마음이 들 때가 생기곤 했었다.

*

며칠 뒤 친정 아빠가 집에 오신 줄도 모르고 나는 그날도 힘 없이 퇴근해서 집으로 가고 있었다. 문을 여니 아빠는 그날 내가 아기를 잃은 것에 대한 몸보신으로 삼계탕을 직접 가져와서 내가 오기만 기다리고 계셨다. 아빠 앞에는 물 한 잔 놓여 있지 않았다.

"언니는 참 좋겠수. 친정 아빠가 시집간 딸 몸보신 시킨다고 여기까지 손수 삼계탕도 해 오시고 대단한 부정이네."

아빠는 내가 유산한 걸 식구들이 몰랐다는 것을 그

때 아셨다. 아니 내가 이 집에서 전혀 사랑받지 못하고 살고 있다는 걸 눈치챈 것이다. 그 순간 나는,

"수지는 어쩌고 이렇게 힘들게 뭐 하려 해 오셨어요. 저 괜찮아요. 아빠하고 수지나 드시지 이 무거운걸….

"이거라도 먹는 걸 봐야 내가 마음이 편할 것 같아 일부러 왔다."

그런 중에도 아가씨는,

"인간답지 않게 언니 거만 달랑 해 와서, 어디 눈치 보여 맛이라도 볼 수 있겠어요?"

아빠는 그 순간 뭐라고 한 마디 하실 거 같아 나는 상 밑으로 조용히 손을 잡았다. 아빠 역시 알아차리셨는지 더 이상 아무 말도 하지 않으시고 도저히 더 이상 앉아 있지도 못하고 일어나셨다.

"그럼 사돈어른 이만 가보겠습니다. 안녕히 계십시오."

"아, 네."

나는 그런 아빠를 따라 나가,

"이제 힘들게 이런 거 해 오지 않으셔도 돼요. 잘 먹고 잘 지내고 있으니 제 걱정은 마시고요. 아빠하고 수지나 식사 거르지 마시고 잘 드시고 계셔야 해요. 그런 나를 아버지는 가만히 안아주셨다.

"아비가 못나서 내 새끼가 힘든 건 아닌지 모르겠다."

애써 눈물을 참고 나는 아빠의 바지 주머니에 몇 만

원을 넣어 드리고 얼른 뛰어들어왔다.

"조심해서 들어가세요. 아빠, 들어가실 때 수지 과자 좀 사가지고 가세요."

편치 않은 마음으로 간신히 눈물을 훔치고 막 들어섰을 때였다. 들어오니 벌써 닭은 아버님과 아가씨가 약초 몇 가지 남기고 거의 다 드시고 계셨다.

'정말 너무들 하는구나.'

어떻게 아빠가 해 오신 음식을 정작 나에게는 먹어 보란 소리 한 마디 없이 거지들처럼 달라붙어 먹고 있는 모습조차 정떨어지게 싫었다. 오빠는 12시가 넘어서도 들어오지 않고 있었다. 떨며 기다리다 잠이 들었는지 누군가 나를 툭툭 치는 느낌에 눈을 떴다. 할미였다.

"할미! 할미, 보고 싶었어. 할미….

할미는 아무 말 없이 가여운 손녀를 눈물이 가득 고인 눈으로 쳐다만 볼 뿐 아무 말 없이 잠시 서 계시다 사라지셨다.

"어쭈, 이제 잠꼬대까지 하면서 서방이 들어오지도 않았는데 처자고 있네. 아주 지 세상 만났구먼 내 참, 어이가 없다!"

아마도 꿈을 꾼 듯싶었다. 아무리 꿈이라도 얼굴은 눈물로 범벅이 되어 있었다. 그 순간 나는 할미를 생각해 용기를 내어 그에게 말했다. 언제까지 이렇게 살아야 하는 거예요? 그렇게 저를 보고 사는 게 힘들면 제가 떠날게요. 그 편이 오빠를 위해서도 낳을 것 같아요. 눈에서 안 보이면 조금 덜 힘들지도 모르잖아요.

"뭐? 나간다고? 누구 마음대로! 왜, 또 어떤 새끼한
테 붙어먹을라고? 반반한 얼굴 하나 믿고 니가 까부나
본데 여기서 나갈 생각은 꿈에도 하지 말아. 난 널 죽을
때까지 용서할 수 없으니까! 넌 아무 데도 갈 생각하지
말고 조용히 입 닥치고 살아! 알았어?"

아니요, 우리 그러고 보니 혼인 신고도 하지 않았더
군요. 깨끗하게 서로를 위해서 정리하죠. 아무것도 필
요 없으니 오빠도 이제는 내 과거의 고통에서 벗어나
좋은 사람 만나서 새로운 삶을 살기 바랄게요.

"글쎄 입 닥치라고! 어디서 꼬박꼬박 말대답이야!"

그렇게 시작된 그 밤의 구타는 날이 밝아 올 때까지
이어졌다. 나는 그가 지쳐 잠든 사이에 조용히 짐 가방
하나를 대충 싸서 조용히 나왔다. 대신 집으로 가지는
않았다. 그는 분명 아빠를 괴롭힐 것을 알았기에 나는
이른 새벽 아빠에게 전화 한 통을 하고서는 시외버스
터미널로 향했다.

"아빠, 미안해요. 잘 살지 못해서. 오빠가 저의 과거
를 다 알아 버렸어요."

"아니 어떻게…."

"지난번 수지를 데려온 그 사람이 아가씨 친구였나
봐요. 그 사람이 다녀간 이후로 계속 하루도 맞지 않은
날이 없어 더 이상은 견딜 수가 없어요. 아기도 유산이
되고 무서워요. 혹시라도 그 사람이 아빠에게 가서 저

를 찾으면 무조건 모른다고 하세요. 다치지 않게 조심
하시고요. 요즘 그 사람 무슨 짓을 할지도 모를 정도에
요. 나중에 자리 잡는 대로 연락드릴게요. 정말 죄송하
다는 말밖에 드릴 말이 없어요."

"아니다, 민지야. 돈은 있는 거야? 어디 갈 곳은 있
고? 그냥 집으로 오면 안 되겠니?"

"그건 안돼요. 아빠도 저도 수지도 모두 위험할 수
있어요. 아빠는 그냥 모른 척만 하시면 크게 별일은 없
을 거예요. 버스 와요. 다시 연락드릴게요. 건강하셔야
해요."

"민지야! 민지야!"

수화기 넘어 아빠의 목소리가 울고 계셨다. 나 역시
도 눈물이 나는 건 마찬가지였지만 어디든 이 사람이
찾을 수 없는 곳에서 몇 년은 쥐 죽은 듯이 살아야 할
것 같았다. 나는 목포행 시외버스를 타고 창밖으로 청
주를 빠져나가는 버스 안에서 한동안 울었다. 점심이
넘어서 목포에 도착했지만 다시 다른 버스로 갈아탔
다. 나는 순천으로 해서 남해로 가는 버스를 탔다. 하루
온종일 차만 타고 다녀 너무도 지쳐 있었지만 그에게
서 아니 그들에게서 벗어났다는 것이 나에게 힘을 내라
고 하고 있었다. 더 이상 나는 지난 16살의 아무것도 모
르는 철없는 소녀가 아니었다. 뭘 해서 살든 어떻게 살
든 두 번 다시 후회하는 일 없이 살고 싶었다. 그런 다음
2~3년 정도 있다가 아빠와 수지를 모셔 올 각오로 나는

지금 남해로 가고 있었다.

　그렇게 도착한 남해는 나를 편안하게 안아 주기라도 하는 듯이 잔잔한 바다가 위로가 되었다. 일단 오늘은 그냥 허름한 모텔에서 자고 내일부터 본격적으로 일자리를 알아보기로 했다. 지금쯤 그는 아마 미친 사람처럼 벌써 아빠에게 가 있을지도 모른다. 나의 예상은 적중했고 그는 더 이상 아빠가 예뻐하던 한 서방이 아니었다. 아빠와 수지는 서로를 안고 떨고 있었고 용석 씨는 미친놈처럼 이방 저방을 신도 벗지 않은 채로 나를 찾고 아빠를 협박했다.

　"자네 정말 왜 이러는가? 민지가 뭘 잘못했다고… 그리고 어린 수지도 있는데 이게 지금 무슨 행동인가! 진정 좀 하고 앉게! 앉아서 얘기하세나."

　"진정이라고요? 지금 진정하게 됐어요? 그동안 민지의 모든 과거를 숨기고 수지까지 낳아서 엄마를 언니로 장인이란 사람은 살인자에, 참 대단하십니다! 저 절대로 참지 않을 겁니다. 사기 결혼으로 고소하고 피해 보상받고 더 이상 면상 들고 살지 못하게 아주 인생을 짓밟아 버릴 거니까 연락 오면 꼭 말하세요. 수지랑 아버님 살리고 싶으면 좋은 말로 할 때 돌아오는 게 좋을 거라고요! 카악~퉤!"

　아빠는 오히려 내가 먼저 새벽에 떠난 것이 정말 잘한 일이라고 말씀하셨다. 하지만 그보다 더 걱정인 것은 수지가 다 알아버린 것이다. 얼마나 지랄발광을 하며 어린 것에게 민지는 네 언니가 아니라 엄마라고 아이를 다그쳤는지 수지는 울다가 놀래 경기를 하다가 기절까지 했다. 그렇게 한동안 수지는 열병처럼 앓아누웠다.

*

그쯤 나는 남해의 작은 식당에서 주방 일과 주인아저씨가 잡아 오는 여러 잡어들을 손질해 손님상을 봐주며 영업이 끝나면 가게에서 잠을 자며 생활하기 시작했다. 이상한 사람이라고 일자리를 주지 않을까 봐 때리는 남편을 피해 도망 왔다고 솔직하게 말하고 가족처럼 연세가 있으셨던 아주머니와 아저씨를 딸처럼 도와드리며 돈을 벌기 시작했다. 다행히도 처음에는 사람이 필요 없을 정도로 손님이 없다고 했지만 나의 사정을 듣고 나신 아주머니는 눈물까지 훔치시며 함께 있어도 좋다고 말씀해 주셨다.

한동안은 아빠에게 안부 전화도 할 수 없었다. 아직도 그 사람이 아빠 곁을 맴돌며 감시하고 있을 것을 뻔히 알고 있었기 때문에 걱정이 되어도 절대로 연락하지 않았다. 매일 밤을 눈물로 지새도 참고 또 참았다. 내가 그렇게 일하며 남해에 정착해갈 즘 수지는 열병을 심하게 앓고 나서는 제일 먼저 아빠에게 물었다고 했다. 내가 진짜 엄마가 맞냐고, 어린 것이 충격이 컸는지 한동안은 제대로 먹지도 않고 아빠의 대답을 기다렸다고 했다. 아빠는 하는 수없이 애가 잘못되기라도 할까 봐 어쩔 수 없이 말을 해주셨다고 했다.

"수지야, 사실은 민지가 수지의 언니가 아니라 엄마가 맞아. 일부러 속인 건 아니었어. 아빠와 아니 할아버지는 수지를 잃을까 봐 언니라고 속인 거야. 나쁜 아저씨들이 수지를 데리고 갈까 봐 어쩔 수 없이 그랬던 거야. 우리 수지 똑똑하고 착한 아이니까 이해할 수 있지?"

수지는 그 조막만 한 손으로 연신 눈물을 닦으면서도 저보다 나를 더 걱정했다고 했다.

"그럼 이제 언니라고 안 하고 엄마라고 불러도 되는 거야?"

"그럼, 조금만 기다리면 엄마랑 할아버지랑 같이 사는 날이 올 거야. 우리 그때까지만 조금만 힘들어도 참고 기다리자. 알았지?"

"네."

그랬다. 수지는 어린이집에서도 늘 엄마 없는 아이라고 놀림을 당하고도 한 번도 티를 내지 않았고 부모와 함께 하는 것들도 모두 저 혼자 감당했던 것이다. 그 어린 것이 어디서 그런 생각이 났는지 훗날 나는 그 말을 듣고 얼마나 가슴이 아팠는지 모른다. 너무 어려서, 누구의 아이인지도 모르고 어쩔 수 없이 낳았던 수지는 누구보다 나를 걱정하고 사랑하고 있었다. 그런 착하고 아무 죄도 없는 것을 나는 늘 본체만체했었고 그런 나를 수지는 단 한 번도 원망도 미워도 하지 않았다.

남해에서의 생활은 생각보다 어렵거나 힘들지 않았다. 손님이 없어서 늘 걱정이셨던 주인아주머니도 내가 오고 나서는 손님도 늘었다고 좋아해 주시고 더 걱정해 주고 감싸주셨다. 그렇게 5개월 정도를 한 푼도 쓰지 않고 모으니 통장에는 어느새 600만 원 정도의 돈이 모아져 있었다. 나는 5개월이나 지났으니 지금쯤은 아빠에게 전화 한 통은 해도 괜찮을 듯싶어 늦은 밤 가게 문을 닫고 나서 조심히 전화를 걸었다.

"여보세요."

아빠였다. 나도 모르게 민지라는 말을 하지 못하고 울고만 있었다.

"민지구나, 아이고 민지야. 어디 있는 거야? 잘 있는 거지? 아픈 데는 없고?"

"네, 아빠. 죄송해요. 아직 그 사람이 아빠를 지켜보고 있을 것만 같아 겁이 나서 이제야 전화를 드려요."

"그랬구나. 두어 달 전까지만 해도 거의 매일 술을 먹고 와서 나와 수지를 괴롭히며 고소를 하니 어쩌니 하더니 지난달부터는 웬일로 조용하구나."

"어디 아프신 데는 없으세요? 수지는요? 수지도 잘 있지요?"

"그래, 수지도 잘 있어. 그런데 수지가 이제 모든 걸

다 알아 버렸구나. 한서방이 와서 애를 붙잡고 언니가 아니라 엄마라고 얼마나 괴롭혔는지 한동안은 애가 멍해져 말도 잘 안 하더니 지금은 내가 잘 얘기해서 다 이해하고 너를 엄마라고 부르고 있단다. 너는 지금 어디서 어떻게 지내는 거야? 혼자 얼마나 힘이 들겠니…"

"아니에요. 저 정말 잘 있어요. 작은 식당에서 일하는데 주인아주머니와 아저씨가 딸처럼 너무 잘해주세요. 아빠와 수지랑 함께 살려고 월급을 꼬박꼬박 모으고 있으니 조금만 더 견뎌주세요. 그럼 우리 세 식구 다시는 아무 눈치 안 보고 함께 살 수 있어요. 제가 더 열심히 노력할게요. 아빠, 너무 보고 싶어요."

계속 눈물이 흘러내렸다.

"그래, 그래. 나도 네가 무척이나 보고 싶구나. 우리 곧 만날 날이 있겠지. 절대로 아프지 말고 밥 잘 챙겨 먹고 여기 걱정일랑 하지 말거라."

아빠 역시 울고 계셨다. 더 이상 전화를 잡고 있으면 정말 둘이 밤이라도 샐 것 같았고 한없이 눈물만 흘릴 것 같아서 내가 먼저

"아빠, 이제 끊을게요. 몸조심하시고 또 연락드릴게요."

"민지야, 내 새끼. 어디 있는지만 얘기 해주면 안 되겠니?"

"혹시 그 사람이 아빠 뒤를 쫓을지도 모르고 아직은 안될 거 같아요. 정말 걱정하지 말고 아빠 건강만 생각

하세요. 수지에게도 정말 미안하다고 말해주세요."

"오냐, 밤이 늦었으니 너도 쉬어야 내일 또 일을 해야 하니 이만 끊자꾸나. 우리 딸, 민지야 사랑한다!"

"저도 아빠 정말 사랑해요. 안녕히 주무세요."

전화를 끊고 나서도 한동안 눈물을 참을 수가 없었다. 지난 시간들과 나로 인해 생긴 모든 일들이 주마등처럼 지나가며 나를 더욱 죄인처럼 만들고 아무런 죄도 없이 아빠와 수지에게 이런 상황을 겪게 한 것 같아 죽고 싶을 만큼 괴로웠다.

*

그사이 수지는 밝고 더 예쁘게 잘 자라주고 있었다. 아빠에서 할아버지라고 부르게 되었는데도 그늘이 없었다. 그저 나를 볼 수 있다는 것과 엄마라고 불러도 된다는 것만으로도 수지는 너무도 착하게 받아들이고 기다려 주고 있었다. 멀리 떨어져 볼 수 없지만 모든 것이 정리된다면 난 그동안 수지에게 주고 싶어도 줄 수 없었던 내가 가진 모든 사랑을 줄 것이다. 아빠 역시도 그간의 마음고생이며 용석 씨 때문에 당한 일들을 전부 다 내가 잊게 해드리고 싶었다. 벌써 내년이면 수지는 초등학생이 된다고 했다. 하지만 아빠는 내가 두어 달에 한 번씩 전화를 할 때마다 목소리에 힘이 없었다.

"어디가 많이 안 좋으세요? 아빠, 병원은 가보셨어요?"

수화기 너머로 아빠의 요란한 기침소리가 귀를 울렸다.

"아니야, 감기가 영 안 떨어지네. 약도 먹었으니 너무 걱정 말거라. 그리고 이제는 한서방도 오지 않아."

"아빠는 무슨 아직도 한서방이에요. 혼인신고도 하지 않았는데…."

난 그 순간 아빠에게 좋은 생각이 있다고 말하며 아무도 모르게 집을 팔고 수지와 함께 남해로 오시면 안 되겠냐고 물었다. 당연히 아빠는 그렇게 할 거라 생각했다. 하지만 아빠의 반응은 생각보다 뭔가를 감추는 듯이 들렸다. 아빠는 며칠 생각 좀 해보자고 하시고는 일찍 쉬어야겠다고 먼저 전화를 끊으셨다.

"그럼 며칠 후에 다시 전화드릴게요. 주무세요."

전화를 끊고도 나는 뭔가 느낌이 좋지 않았다. 어디가 많이 안 좋으신 건 아닌지 너무도 걱정이 되어 견딜 수가 없었지만 다시 청주를 가고 싶지는 않았다. 결코 좋은 기억이라고는 하나도 없는 고향….

엄마가 집을 나간 곳, 할미가 돌아가신 곳, 그 사람이 살고 있는 곳 어느 것 하나도 좋은 기억이 없다. 하지만 아빠의 기침소리가 아침까지도 귓전에 맴돌았다. 내가 전화를 할 수 있는 시간은 늦은 밤이라 수지의 목소리를 들어본 지도 꽤 오래되었다.

며칠 후 다시 아빠에게 전화를 걸어 생각해 보셨냐고 물었다.

"아무래도 힘들 것 같다. 그래도 여기가 내 고향이고 할머니도 여기 계시니까 그냥 내가 수지를 네가 있는 곳에 데려다줄 테니 민지 너는 수지와 함께 거기서 살거라. 그동안 아비가 호적 정리도 해 놓을 테니 거기서 학교도 보내고 둘이서 조용히 사는 것도 나쁘지 않을 것 같다. 괜히 나까지 가면 짐만 될 게 뻔해."

"아빠 없이 어떻게 제가 수지랑만 살 수 있어요. 안돼요. 절대로 아빠 없이는 그렇게 할 수 없는 거 아시잖아요. 저한테 뭐 숨기는 거 있죠? 아빠! 그런 거 맞죠? 도대체 무슨 일이 있는 거예요. 지금 말씀 안 하시면 제가 내일 청주로 가는 수밖에 없어요."

"아니라는데도 그런다. 어머니가 여기 계시고 내 고향이잖니. 그런 곳을 쉽게 떠난다는 게 괜히 마음이 내키지 않는구나."

"제발 이번엔 제 말 한 번만 들어 주세요. 아빠와 수지와 함께 하루를 살아도 함께 살고 싶어요. 네? 아빠…"

나는 울면서 매달렸다. 하는 수없이 아빠는 그렇게 하기로 하고 조용히 집을 내놓고 수지의 호적을 정리했다. 수지는 내 밑으로 자식이 되어 수지를 낳고 7년 만에 진짜 수지의 엄마가 되었다. 집은 헐값에 내놓아 생각보다 일찍 정리할 수 있었다. 혹시 몰라 아빠는 마지막 차를 타고 수지와 청주를 벗어났다. 누가 보기라도 할까 봐 아빠 역시 불안해하면서 나에게 오고 계셨다.

나는 아빠가 집을 팔아 보내주신 돈과 그동안 모아둔 돈으로 작은 전셋집을 얻어 놓았고 터미널에 나가 아빠와 수지를 벅찬 가슴으로 기다리고 있었다. 다행히 아무 탈 없이 밤차를 타고 오셔서 아침 일찍 아빠는 수지와 남해에 도착하셨다. 내 눈에는 수지와 아빠밖에 보이지 않았다. 수지는 멀리서부터 날 보며 버스가 서지도 않았는데 위험하게 내 품 안으로 달려와 안겼다. 이렇게 따뜻하고 보드라운 살결. 엄마라고 자신 있게 부르며 울면서 안긴 수지는 나에게서 떨어질 줄 몰랐다. 모녀의 상봉이 끝나기도 전에 아빠가 보였다. 하지만 아빠를 본 순간 나는 놀라지 않을 수 없었다. 아빠의 얼굴은 어둡다 못해 회색빛이었다.

"아빠! 도대체 어디가 어떻게 아프신 거예요?"

"엄마, 할아버지 아프신지 되게 오래됐어요. 매일 기침하고 쓰러지고 밥도 잘 못 드시고 많이 아프신데도 병원도 가지 않으시고 약만 드셨어요."

수지의 말을 들으니 그냥 넘길 수가 없었다. 일단은 우리 세 식구가 앞으로 살 집으로 모셨다. 아빠는 집에 도착하자마자 바로 앞에 바다가 보이는 걸 너무도 좋아하셨다.

"민지야, 집이 너무 예쁘구나. 아주 좋은 곳이다.

"우아~ 바다다! 바다. 우리 집 너무 좋아요. 우리 이제 여기서 셋이 사는 거 맞아요? 다신 헤어지지 않고 수지만 남겨두고 아무 데도 안 가고 여기서 살 거예요?"

"당연하지, 오늘부터 할아버지랑 엄마랑 수지랑 셋이서 여기서 살 거야. 좋아?"

"네, 너무너무 좋아요. 우와 신난다!"

수지는 작은 마당을 뛰어다녔다.

아빠는 툇마루에 걸치고 앉아 조용히 바다를 보고 계셨다.

"아빠도 마음에 드시죠?"

"그래, 너무 좋다. 우리 이쁜 내 새끼들하고 이제 여기서 살 생각하니 눈물이 나는구나. 그 동안 고생 많았다! 민지야…."

아빠는 나를 가만히 안아 주시며 눈물을 흘리셨다.

*

거의 2년 가까이 하루도 쉬지 않고 일한 덕분에 식당에서는 아빠와 딸이 온다니 사흘이란 시간을 내주셨다. 나는 아침부터 일찍 시장하실 아빠를 위해 아주 오랜만에 해산물로 한 상을 차려 드렸다. 잘 드시지도 못하면서 아빠는 연신 맛있다고 칭찬을 하셨다.

"내일은 남해에도 큰 병원이 있으니까 가서 진찰받기로 해요. 아빠."

아빠는 아무 말씀도 하지 않으시며 조용히 식사만
하셨다. 나는 아침이 되기 무섭게 아빠와 수지를 데리
고 병원으로 서둘러 움직였다. 병원을 가기 전 나는 시
장에 들려 아빠에게 체크무늬 잠바와 하늘색 티셔츠,
베이지색 면바지를 사드렸고 깨끗한 운동화 한 켤레까
지 사서 말끔하고 멋있게 아빠를 바꿔드렸다. 아빠는
계속 비싼 걸 뭐 하러 사냐고 타박을 하셨지만 태어나
제대로 된 옷 한 벌을 해드리지 못한 것이 마음에 걸려
그 자리에서 새 옷으로 바꿔 입혀드렸다.

수지에게도 예쁜 빨간 구두와 핑크색 원피스를 사서
입혀 놓으니 그렇게 예쁠 수가 없었다. 내 옷을 사는 것
보다 내 신을 사시는 것보다 훨씬 기분이 좋았고 행복
했다. 다시 모인 가족이 이렇게 함께 웃을 수 있다는 것
만으로 충분히 행복하고 부자가 된 느낌이었다. 그리고
나서야 병원 앞에 도착했다. 생각한 것보다 아빠의 검
사는 오래 걸렸고 수지는 기다리다 내 무릎을 베고 잠
이 들었다. 때마침 보호자를 불러 나는 의사선생님과
면담을 시작했다.

"왜 이렇게까지 병을 키웠는지 알 수가 없군요. 통증
이 심해서 웬만한 젊은 사람들도 감당하기 어렵습니다.
정말 힘드셨을 텐데…"

"무슨 병인가요? 큰 병이라도 걸리신 건가요? 아니
죠? 선생님…."

덜컥 겁이 나면서 선생님이 뭐라 하시기 전부터 눈

물이 흐르고 있었다.

"아버님은 지금 췌장암 말기입니다. 현재는 간까지 전위가 되어 그간 많이 힘드셨을 테고 잠도 잘 주무시지 못했을 겁니다. 제대로 눕지도 못하시고 정말 뭐라 드릴 말씀이 없습니다. 항암치료를 한다고 해도 좋은 결과는 기대하기 어려울 것 같습니다. 치료시기도 많이 지났고 이미 간으로 전위가 됐다면 다른 장기들에도 전위가 됐을 확률이 높습니다."

'췌장암! 아! 아빠… 이제 겨우 우리 세 식구 함께 살게 되었는데 어떻게 이런 일이….'

"일단은 아버님과 상의하신 후 입원 치료를 하시는 것이 급선무라고 봅니다."

"만약 치료를 받지 않으시면 어떻게 되나요?"

"아마 3개월도 힘드실 것 같습니다."

금방이라도 넘어질 듯이 더 이상 아무것도 묻지 않았다. 나는 조용히 목례를 하고 방을 나왔다. 아빠는 이미 알고 계신 듯 나를 보며 미소를 지으셨다.

"민지야, 아빠는 괜찮아. 정말 괜찮아! 민지가 걱정할 정도로 심각한 것도 아니고 약만 잘 먹으면 되는 거야. 괜히 검사 비용만 들였나 보다. 어서 집으로 가자."

순간 나는 너무 화가 나서 병원 로비에서 아빠에게 큰 소리를 쳤다.

"도대체 뭐가 괜찮다는 거야! 아빠는 맨날 뭐가 아무렇지 않고 힘들지 않다는 거야. 엄마가 집을 나갔을 때도 내가 집을 나가 아이까지 낳고 왔을 때도, 도대체 아빠 뭐가 맨날 괜찮고 아무렇지 않다는 거야! 그렇게 우리 곁을 빨리 떠나고 싶어? 그래? 그런 거야? 나와 수지가 불쌍하지도 않아? 우리 둘이 아빠에겐 짐이었어? 힘들다고 아프다고 괴로울 정도로 너무 아프고 무섭다고 살고 싶다고 말하면 안 되는 거야? 지금까지 어떻게 견딘 거야? 나는 아무것도 모르고 아빠랑 함께 살 생각에 지금까지 견디며 여기까지 왔는데, 아빠 어떻게 한 마디도 하지 않고 왜 일을 이렇게 만든 거야!"

미친년 같이 침을 튀기며 울면서 대들다시피 화를 냈다. 지나가는 사람들이 쳐다보고 수지도 겁을 먹고 울고 있었다. 아빠는 내가 그렇게까지 말을 하는데도 한 마디도 하지 않으셨다.

아빠가 나에게 말하지 못하고 혼자서 그 큰 고통을 간단한 진통제로 버틴 이유를 나는 잘 알 것 같았다. 병원비며 치료비 수술비 여러 가지들을 생각하니 엄두가 나지 않으셨다는걸…. 하지만 돈 때문에 아빠를 이대로 보낼 수 없었다. 집으로 돌아와 아빠와 나는 수지를 재우고 조용히 마주 앉아 얘기를 시작했다.

"이 집 빼고 일단은 월세로 이사하고 당장 입원부터 해요. 그리고 할 수 있는 건 다 해 보고 그래도 안되면 그땐 아빠 마음대로 해도 아무 말 하지 않을게요."

"민지야, 그러지 말고 얼마 남지 않은 시간 병원에서 가망 없이 돈 쓰며 죽는 것보단 우리 민지랑 수지 얼굴 한 번 더 보다 가고 싶구나. 이건 진짜 아빠 진심이야. 민지 네 마음을 모르는 건 아니지만 그래도 네 얼굴 한번 보고 수지하고 함께 잠깐이라도 이렇게 지내다 갈 수 있어서 아빠는 아무것도 부러울 게 없어. 그러니 예쁜 이 집에서 별 같은 내 딸과 꽃 같은 우리 수지하고 함께 있다 갈 수 있게 해주면 안 되겠니? 마지막 아빠 소원이야."

"안돼요. 그런 게 어딨어? 그동안 아빠한테 효도 한 번 제대로 한 적 없고 잘 사는 모습 한 번 보여주지 못했는데, 그리고 내년에 우리 수지 학교 들어갈 때 아빠도 같이 가야지. 아빠, 그러지 말고 우리 병원 가요. 돈이야 다시 벌면 되고 아빠 없이 이 집에서 수지랑 나랑만 있다면 우린 살아가는 의미가 없어요."

아빠는 어차피 치료도 놓치고 마지막까지 왔다는 걸 간신히 버티면서 이곳까지 온 것이었다. 우리는 잠시 아무 말도 하지 않았다. 아빠도 나도 멍하니 남해의 밤하늘만 바라볼 뿐 우린 같은 생각을 하고 있었다.

함께하고 싶었고 다신 떨어지지 않고 서로를 의지하며 다시는 헤어지는 일 없이 살고 싶었던 건데 우린 왜 한 번도 행복할 수가 없는 걸까? 할미도 아빠도 징그러울 정도로 고생만 하셨다. 좋은 음식에 좋은 옷 한 벌을 마음 편히 드시거나 입어 본 적도 없었다. 여행이 뭔지도 모르고 벌어도 모이지 않고 천 원을 벌면 천 백원이 나가는 그런 삶만 살다가 이제야 숨이라도 편히 쉬게 해드리고 싶었는데 어쩌면 이리도 되는 일도, 복도 없을까 싶었다.

　나는 행복하면 안 되는 사람처럼 너무도 서러웠다. 아니 처음부터 행복이란 걸 가지고 태어나지 않은 사람이었다. 누군가에게 원망을 하고 싶어도 원망할 대상이 나이기에 차라리 '나를 낳지 말지'라는 생각까지 했다.

*

　아빠는 끝까지 병원에 가지 않으셨다.

　병원에 가지 않는 대신 나와 수지가 있을 땐 그 어떤 고통도 이를 악물고 참고 계셨다. 어떤 날은 밤새 입술을 얼마나 깨물었는지 피가 맺혀 이 자국이 그대로 나 있었고, 잠을 못 주무셔서 금방이라도 쓰러질 듯이 보였지만 밥 한 공기를 다 드셨다. 수지를 어린이집에 보내고 내가 출근을 하고 나면 아빠는 하루 종일 토를 하시고 고통에 소리치며 울부짖으셨다. 퇴근해서 돌아오면 아빠는 다시 또 참고 출근하면 다시 힘들어하시고 하루하루 피가 마르고 살이 빠져서 점점 앉아 있는 시간보다 누워계신 시간이 길어지고 있었다.

　그런 아빠를 보며 나는 수지에게,

　"할아버지 옆에서 노래도 해드리고 동화책도 읽어

드릴 수 있지? 우리 수지는 착하고 똑똑한 공주님이니까 할 수 있지?"

"응, 엄마! 내가 노래도 하고 책도 읽어 드릴게요. 걱정 마세요. 수지가 할 수 있어요."

어린 수지를 안고 나는 뜨거운 눈물을 흘렸다. 그런 나를 고사리 같은 손으로 수지는

"엄마 울지 마요, 엄마."

하며 닦아내고 있었다.

그 이후로는 쉬는 날이면 아빠와 좀 더 많은 시간을 보내려고 노력했다. 그 노력이라는 것에 늘 눈물이란 녀석도 함께 동반하여 세 식구가 아닌 네 식구인 듯 우리 셋을 가끔 힘들게 만들었다. 수지는 눈치가 굉장히 빠른 아이라 뭔가 갖고 싶거나 먹고 싶어도 절대로 먼저 얘기하는 법이 없었다.

그렇게 남해의 이곳저곳을 구경하며 좋은 음식이라도 대접해드릴라 치면 아빠는 괜한 돈을 쓴다며 한 번씩 나를 꾸짖었다. 꾸짖어도 좋고 화를 내도 좋으니 조금 더 우리와 함께 계셨으면 하는 마음은 날이 갈수록 커지고 있었다. 하지만 아빠는 아니었다. 조금씩 천천히 주변을 정리하셨다.

하루는 수지가 잠이 들자 나를 밖으로 부르셨다.

"민지야, 내가 없어도 넌 이제 수지의 엄마다. 엄마는 언제나 어디서나 강해야 하는거야. 눈물이 나도 아파도 절대로 자식 앞에서는 티 내지 않는 것이 부모란

것이다. 아빠는 어디에 있든 항상 민지와 수지 곁에 있을 거야. 너무 걱정하지 말고 수지와 건강하게 재미있게 살다가 아주 오랜 뒤에 우리 다시 한 번 아빠와 딸로 만나자. 그땐 이 아비가 지금까지 못 해준 거 다 해주며 너와 끝까지 함께 하마. 내 딸로 태어나줘서 정말 고맙고 너 때문에 아빠 정말 행복했다. 우리 딸, 많이 힘들어도 아빠가 지켜보고 있다고 생각하고 잘 살아야 한다. 사랑한다. 민지야. 아빠는 진심으로 우리 민지가 있어 하루도 행복하지 않은 적이 없었어."

"저도 아빠 많이 사랑해요. 아빠 말씀 기억하며 열심히 살게요. 아빠가 안 계셨으면 저도 수지도 없었을 거예요. 조금 더 잘해드리지 못해서 정말 죄송해요."

아빠와 나는 서로를 부둥켜안고 한참을 울었다. 서로가 서로에게 미안함만이 있는, 서로가 서로를 지키지 못했다는 아쉬움만이 가득한, 조금 더 서로에게 해 주지 못한 것이 많다고만 생각하는 부녀…. 그게 가족이며 부모이고 자식인가 보다.

그렇게 그날 밤을 보내고 아빠는 다음 날 아침 아주 편안한 미소로 하늘나라로 떠나셨다. 전날 밤까지만 해도 볼 수 있었던 아빠가 이제는 두 번 다시 볼 수 없다는 것이 또 한 번 나의 가슴에 사무쳤다.

아빠에게 용서를 빌며 더 이상 아프지 않은 곳에서 먼저 가신 할미 만나 행복하셨으면 좋겠다고 아빠의 딸로 태어나 너무도 감사한 삶을 살게 해주셔서 감사하다고 또 아빠 마음을 너무 아프게만 해서 죄송하다고 정말로 할 수만 있다면 다음 생에도 꼭 아빠 딸로 태어나게 해 달라고 큰 소리로 울고 또 울었다.

난 그렇게 아빠를 보내드렸다.

아빠의 짐 역시 할미 때와 마찬가지로 얼마 되지 않았다. 좋은 옷도 좋은 신도 없이 낡디낡은 옷 가지와 운동화 한 켤레, 다 닳아버린 슬리퍼가 전부였다. 그리고 얼마 전 내가 사드린 옷가지들과 그날 하루밖에 신지 않은 새 운동화가 아빠를 더욱 그립게 만들었고 가엽게 만들었다. 아까워서 제대로 신지도 못한 싸구려 운동화 따위를 소중하게도 깨끗하게 닦아 놓으신 아빠가 보였고 가지런히 옷 걸이에 걸어 둔 옷도 마찬가지였다. 그렇게 아빠와의 모든 것을 정리하고 나서 나는 다시 한번 씩씩해지기로 했다. 이젠 정말 나는 엄마이고 수지만이 내 삶에 전부였기 때문이었다.

그때부터 나의 삶 역시 다시 쓰게 되었다. 다음 해 수지는 학교를 들어갔고 제법 공부도 잘했다. 내가 옆에 끼고 앉아 제대로 가르쳐 주지도 못했는데 수지는 다른 아이들보다 월등히 국어나 산수도 항상 일등이었다.

"우리 딸 언제 이렇게 공부를 잘했어? 아구 이뻐. 쪽쪽쪽!

"엄마, 이제 맨날 일등만 해야겠어요. 그래야 엄마가 이렇게 맨날 뽀뽀도 해 주고 좋아하니까…."

"신난다!"

나는 그런 수지를 보며 부족한 엄마도 엄마라고 안기고 인정해 주는 수지가 너무도 고맙고 사랑스러웠다. 조금씩 클수록 거짓말처럼 수지는 나의 얼굴이 나오고 있었고 너무도 예뻤다.

'아빠, 할미… 이렇게 예쁜 내 딸 잘 키워주셔서 너무너무 감사해요.'

한때는 짐이고 혹이라고만 생각하며 모든 게 이 아이 탓이라고만 생각하며 살았는데 그때의 제가 얼마나 어리석었는지 알 수 있을 것 같아요. 우리 수지가 없었다면 아마 지금쯤 저도 아빠와 함께 했을지도 몰랐을 거예요.

'정말 너무너무 감사합니다.'

나는 하늘을 올려다보며 아빠에게 진심으로 감사의 말을 전했다.

우리 모녀는 아직도 남해에 살고 있다. 수지는 어느새 중학생이 되었고 한 번쯤은 그 사람이 나를 찾아오기라도 할까 봐 뜬 눈으로 밤을 새우며 수지를 지키는 날도 많았다. 몇 년의 시간이 지나 들리는 얘기로 그 사람 역시 다른 가정을 가지고 자식을 낳아 그런대로 살고 있다고 들었다. 그 소식을 들은 날부터는 뜬 눈으로 밤을 새우지도 않고 오늘보다 더 나은 내일을 살아가기 위해 수지와 서로 힘이 되어 살았다.

수지는 누구보다도 나를 아껴주고 항상 제 입에 들어갈 것을 내 입에 먼저 넣어주며 엄마라고 하면 언제든 달려왔다. 항상 내 곁에서 내가 살아갈 수 있는 첫 번째 보물이 되어 주었다.

　그간의 식당 일은 나에게 많은 것을 가르쳐주신 아주머니와 아저씨에게 좋은 값에 갑자기 인수를 하게 되었다. 아주머니와 아저씨의 건강이 많이 좋지 않아 두 분은 가끔 놀러 나오시는 정도였고, 수지 역시 손녀처럼 아끼며 잘 지냈다. 아주머니에게 배운 대로 하루도 게으름 피우지 않고 열심히 하고 있어 제법 잘 되었다. 모든 것이 이제야 제 자리를 찾아가듯 하나씩 퍼즐의 조각들이 맞춰지는 기분이 들었다.

　절대로 욕심부리지 않고 더 가지려고 하지도 않았다. 남으면 베풀고 부족하면 부족한 대로 감사하며 살기 위해 노력했다. 하지만 쉬는 날을 꼭 정해서 일주일에 한 번은 수지와 시간을 보냈다.

　아파서 누워 계신 아주머니를 엄마처럼 아저씨를 아빠처럼 돌봐드리며 수지 역시 나의 손발이 되어 항상 함께 다녔다. 수지는 자다가도 내가 뭔가를 부탁하거나 시키면 벌떡 일어나 전혀 귀찮거나 하기 싫은 내색을 한 번도 한 적이 없는 바른 아이로 잘 자라고 있었다.

*

　우리 두 모녀는 그렇게 작지만 조그만 식당을 하면서도 열심히 살아가며 서로가 서로를 누구보다도 챙기기 바빴다. 그렇게 조용히 살던 우리 모녀 앞에 어느 날 갑자기 한용석이라는 남자가 성큼 가게 문을 열고 들어오는 것이었다. 수지는 별로 기억이 나지 않는지 아무렇지 않게 그 앞에 물 잔을 내려놓았다. 나는 주방 안에서 사지가 떨리는 공포심에 쉽게 밖으로 나가지도 못하고 그 자리에 못이라도 박힌 사람처럼 그를 바라만 보고 있었다.

　"뭘로 드릴까요?"

　수지는 웃는 얼굴로 그에게 물었다. 그는 수지를 알아본 것이 분명한 얼굴이었지만 아무렇지 않은 척,

　"해물 비빔밥 하나만 주세요. 이 집이 맛있다고 소문이 나서 멀리서 왔어요."

　"네, 맞아요. 이 근방에서 우리 집이 제일 맛있는 집이에요. 잠깐만 기다리세요."

　수지는 나를 보며,

　"엄마, 해물비빔밥 하나요!"

　나는 대답 대신 멍하게 쳐다보다 수지가 다시 한 번 부르는 바람에 정신을 차릴 수 있었다. 그가 시킨 음식은 내가 가져다주었다. 나는 더 이상 겁먹고 숨고 싶지 않았다. 나는 엄마니까, 엄마는 강하니까….

　음식을 내려놓고 돌아서는데 그가 나를 불렀다.

"민지야, 오랜만이다. 많이 변했구나."

대답은 하지 않았지만 잠시 서 있었다. 설마 이곳까지 찾아와 나를 때리려고 왔을지도 모른다는 생각에 수지는 잠시 심부름을 보냈다.

"어떻게 알고 이곳까지…"

"얼마 전에 아버님이 돌아가셨지?"

"그걸 어떻게? 설마 아빠가…"

"아버님이 전화를 하셨어. 이제 모든 것을 내려놓고 나보고 행복하게 잘 살라고 하시면서 당신이 못나서 못난 아비 때문에 민지가 힘든 일을 겪은 것이니 더 이상 민지를 힘들게 하지 말아 달라고 나에게 용서를 빈다고 하셨어. 고민 끝에 꼭 한 번은 보고 싶어서 이렇게 왔어. 이젠 나도 당신 걱정할 필요가 없을 것 같아. 전에는 걱정보다는 늘 화가 먼저 나 있었는데 막상 수지와 함께 있는 걸 보니 다행이란 생각도 들고 나 역시도 작년에 결혼을 해서 아이 아빠가 되어 보니 당신의 마음을 조금은 이해가 가더라고. 그동안 당신에게 몹쓸 짓 많이 한 거 정말 미안하고 사과하고 싶어 이렇게 왔어. 앞으로도 이렇게 밝게 수지와 행복하게 건강히 잘 살길 바랄게. 정말 미안했어, 민지야…"

아빠의 의도가 무엇인지 알 것 같았다. 당신이 떠난 다음에라도 내가 평생 숨어 겁먹고 살까 봐 이 사람에게 전화를 걸어 내 마음이라도 편하게 해주고 싶었던 것이다. 아빠는 마지막까지 나를 사랑하고 보살펴 주시며 떠난 것이라는 생각에 그가 보는 앞에서 주체할 수 없는 눈물만 하염없이 흘렸다.

그런 나를 보던 그는 나의 어깨를 토닥이며

"살다가 힘들면 언제든지 우리 술친구 하기로 한거 기억하지? 내 욕심인가? 그래도 정말 참기 힘들고 지칠 때는 예전의 술 친구를 기억해 주길 바래. 함께 한잔해도 좋고…. 그럼 항상 건강하고 좋은 소식 있으면 이 친구도 꼭 불러줘. 난 당신 정말 진심으로 사랑해서 더 화를 참을 수 없었던 건지도 몰라. 바보같이 당신 마음은 헤아리지도 못하고 못난 짓만 한 나를 용서해줬으면 좋겠어. 이제 갈게. 잘 있어요, 술 친구…."

그는 그렇게 테이블에 돈 이만 원을 올려놓고 한 수저도 뜨지 않은 채 일어서 나갔다. 나는 나도 모르게 얼른 뛰어나가 저만치 걸어가는 그에게 소리쳤다.

"나도 당신 속인 거 정말 미안했어요. 그리고 나 역시 당신이란 사람 진심으로 사랑했어요. 조심해서 가세요. 행복하고요…."

그리고는 돌아서 가게 안에 들어와 그가 앉아 있던 자리에 앉아 한참 동안 지난 일들을 생각했다. 저 착한 사람 역시 잠깐이었지만 악마로 만든 것도 나 때문이었다는걸…. 그래도 다행인 것은 다시 착하고 따뜻한 사람으로 돌아와 있다는 것에 눈물 나게 감사했다. 그 역시 무척 힘들었을 것이다. 처음 사랑한 여자의 용서할 수도 이해할 수도 없는 과거…. 동생이라고 속이고 딸을 낳아기르던 여자….

감당할 수 없는 분노를 이해했기에 나 역시도 그에 대한 원망 같은 것은 없었다. 미리 말하지 못한, 솔직하지 못한 내가 감히 그를 원망할 수 있단 말인가? 부디 이제는 정말 진실한 사람과 가정이란 울타리를 만들어 그 누구보다 더 행복한 날들만 보내길 진심으로 빌었다.

수지는 심부름을 갔다 와서는,

"어? 아저씨는 벌써 가신 거예요? 식사도 그대로고 하나도 드시지도 않고 이상하네."

나는 수지에게 물었다.

수지야, 정말 저 아저씨 기억 안 나?

수지는 잠시 망설이더니,

"기억나요. 엄마의 남편이었잖아요."

"근데 왜 기억하지 못하는 것처럼 그랬어?"

"그냥 우릴 또 못살게 굴까 봐 처음 본 것처럼 행동했어요. 나 역시도 저 아저씨가 엄마를 나 때문에 매일 때린 거 알고 있었어요. 할아버지가 말씀은 하지 않았지만 언젠가부터 엄마가 집에 자주 오지 않고 엄마의 멍든 팔이라도 보는 날엔 그날은 꼬박 밤을 새우며 우셨어요."

"그랬구나. 우리 수지가 언제 이렇게 커서 엄마를 이해해주니까 엄마는 너무 고맙고 미안해."

내 속으로 낳은 내 딸에게 사랑한다는 말도 제대로

하지 못하고 늘 가슴 졸이며 애써 부인하면서 살아온 비정한 엄마였지만 수지는 단지 날 위해 모든 것을 혼자 감당하며 알면서도 모르는 척 어린 것이 나보다 더 나은 것 같았다. 부족하고 어리석은 행동으로 낳은 수지였지만 지금은 세상 어디에도 없을 나의 사랑하는 딸이며 나의 하나밖에 없는 내 편인 수지에게 평생을 죄스러워하며 사랑하며 살고 싶다.

이제 내 나이 어느덧 서른을 향해 가고 있다. 다른 사람을 사랑할 자격도 되지 않는, 아니 꿈꾸지 않는 수지만의 엄마로 살고 싶다. 지금까지 내가 아빠와 할미 그리고 수지에게 받은 사랑만으로도 나는 충분히 행복하고 감사할 따름이다. 수지 역시 가끔 농담 삼아

"엄마, 시집은 안가?"

라고 물어볼 때가 있다. 그럴땐 마치 딸이 아닌 친구 같은 느낌이 들 때도 있어 둘이 깔깔거리고 웃을 때도 많았다.

"가게 되면 가겠지? 그럼 수지는 어떤 사람이 아빠가 되었으면 좋겠어?"

"음…나는 그냥 엄마만 사랑해 주는 그런 사람이면 될 거 같아."

"치~ 엄마만 사랑하는 사람이면 안 되지. 엄마한텐 보물 같은 수지가 있는데 우리 수지도 함께 사랑해 줄 사람이면 모를까 엄마는 그럼 우리 수지하고만 살 거야."

둘만 있어도 웃음이 끊이지 않았고 둘만 있어도 늘 배가 부르는 듯 뿌듯했다. 수지가 받아오는 상장에 기뻤고 수지와 함께 오는 친구들도 예쁘고 너무도 행복한 순간들을 이제야 이 먼 곳에 와서 찾을 수 있었다는 것이 어느 것 하나 감사하지 않을 수가 없었다.

'하늘에 계신 아빠와 할미 보고 계시죠? 수지와 저는 이렇게 잘 살고 있어요. 약속한 대로 저는 이제 엄마니까 엄마는 강하니까 절대로 울지 않고 수지를 지킬게요. 그리고 우리 다음 생이란 것이 정말로 있다면 다시 한 번 가족으로 만나 이번 생처럼 힘든 일 없이 늘 함께 오래도록 웃으면서 살 수 있는 아빠와 딸로 할머니로 손녀로 다시 만나요.'

나는 아빠가 주신 할머니의 가락지를 수지와 하나씩 나눠 끼고 밤 하늘 아래서 두 분께 안부의 인사를 드리고 오늘도 행복한 하루를 마무리합니다.

슬픔을 기억에 묻는다

초판 발행일 / 2019년 9월 25일
지 은 이 / 김나은
발 행 처 / 뱅크북
출 판 등 록 / 제2017-000055호
주 소 / 서울시 금천구 가산동 시흥대로 123 다길
전 화 / 02-866-9410
팩 스 / 02-855-9411
전 자 우 편 / san2315@naver.com
ISBN 979-11-90046-03-9 (03810)